U1018227

金融流水

龚文宣 著

中国文史出版社

图书在版编目（CIP）数据

金融流水 / 龚文宣著 . -- 北京 : 中国文史出版社，2020.12

ISBN 978-7-5205-2832-0

Ⅰ . ①金… Ⅱ . ①龚… Ⅲ . ①回忆录—作品集—中国—当代 Ⅳ . ① I251

中国版本图书馆 CIP 数据核字 (2020) 第 254007 号

责任编辑：金　硕　孙　裕

出版发行　中国文史出版社
社　　址　北京市海淀区西八里庄路 69 号院　邮编 :100142
电　　话　010-81136606 81136602 81136603 81136605（发行部）
传　　真　010-81136655
印　　装　阳谷毕升印务有限公司
经　　销　全国新华书店
开　　本　650 × 960　1/16
印　　张　11.5
字　　数　150 千字
版　　次　2021 年 4 月北京第 1 版
印　　次　2021 年 4 月第 1 次印刷
定　　价　38.00 元

文史版图书，版权所有，侵权必究。

文史版图书，印装错误可与发行部联系退换。

目 录

Contents

第三辑

第四辑

第一辑

从响水口出发

——答《灌河潮》记者问

您从响水一脚踏进北京，调入总行，随后举家北迁。十四年过去了，对童年、少年、对家乡生活还是记忆犹新吧?

老家是我的根，无论我走得多远，家乡都是我出发的锚地。

我的童年尤其是少年时期，正是那个风雨飘摇、动乱不安的年代。小时候，我总想将来当个挎着盒子枪的公安，现在叫警察。当时公安还没配五四式、六四式手枪，是那种背带的盒子枪。我经常在心里描摹穿上白色制服，盒子枪往肩上一背，骑上当时的稀有交通工具也是难得一见的自行车，那真叫威武。我的父亲对我的童年影响很大，子承父业嘛。

可是没过多久，我改变主意了，我想当一个生产队长。因为全家随着父母落户到黄海边上的农村，那也是我母亲的娘家。生产队长是我的一个年轻的叔伯舅舅，二十几岁，高个子，长得十分精干，手里拿着铁皮喇叭站在队场的草堆头上，单手叉腰，昂首挺胸：“到队场开大会啦！”这么一喊，几百口男女老少全来了。黑压压一大片人，就听他一人说话。那号召力，那指挥千军万马的气势，绝对比当公安还要神气。

不像现在的学童或者城里的孩子，有着各种各样的童年梦想，当科学家、飞行员、人民教师、工程师、作家什么的，由于接受的信息不一样，那时农村的孩子像船边插篙子，一点两点三点地前行，想得比较实在。

随着时间推移，高中毕业之前，不想当生产队长，也不打算做大队长，想当一位保家卫国的军人。当然了在那个年月，农村的孩子除了种地只有两条路可走，要么推荐上工农兵大学，要么参军。前一条路走不通时，便是第二条路了。

一九七二年冬天，父亲在他的工作关系稍稍稳定之后，许是弥补往日无暇顾及子女的缺憾吧，主动张罗起我的前途问题。父亲要送我去当兵。我上学比较早，六虚岁时读小学一年级，小学五年加上初高中四年半，不到十年高中毕业。没学上了，像风一样游荡。除了读书看小说之外，不是下河捞鱼，就是上树掏窝，很是淘气，尽干些让大人操心的勾当。在我们老家，对待顽皮的孩子，大人的愿望就是送去当兵，让部队管教管教，期待到军队的熔炉里锤炼一番，没准儿打出一把像样的家什来。

那时于我而言，能当兵觉得有个奔头。可是一家人坐下来，扳着指头数来数去，我的毛岁数都不够当兵的年龄。像一道坎儿，把父亲的满心欢喜，拦在了坝外。父亲干着急。他那不求人的性格，是不会去托人找关系的。还是母亲出面，带着我去拜访父亲原来的一位同事。记得是个下雨的晚上，打着雨伞娘儿俩还是全身淋透了，深一脚，浅一脚，穿过几条没有街灯的小巷，磕磕撞撞地，找到了人家。

此公也是我父母的媒人，特仗义，拍着胸脯，如同锤打他们家的房门板，咚咚直响，连说“好好好，岁数小点有啥关系啊，我也是十几岁参军打鬼子的，卫国保家嘛，这忙帮定了。”其实他老人家也没使上劲儿。

有时候，生活中的现象是灵秘而难以解释的。体检那天早上，雪后天晴，父亲把他那辆大半新的脚踏车擦得一尘不染，链条上还撸了一层黄油。一向不怎么迷信的父亲，也想图个吉利吗？可是驮着我，刚出了院门，自行车后轮胎爆了。我的心“咯噔”一下，说坏了。父亲板着脸，说：“坏甚，好事，放鞭炮哪。”

体检是在一家军垦农场的场部。场部的门前有个挺大的花园，低矮的冬青树和高大的塔松上，被一层厚厚晶亮的积雪覆盖。寒气逼人。

第一项是外科体检，先称体重。执磅的是位慈眉善目的老军医。我往那磅上一站，他猛然抬起头来，一副吃惊的样子，愣愣地看着我：“才三十五公斤哪？”老军医带着东北口音。他摇摇头，上下打量，喃喃地说，身体还算匀称，腹部怎么鼓胀？我犹豫了一下，吞吞吐吐地，如实告诉他，我说我怕不够斤重，喝下了三大碗糖茶，算我合格吧。老医生微微一笑，面呈恻隐之色，说：“你体重不够，身高也差两厘米，发育也没全哩！”一会儿，进来一位高个子军人，笑嘻嘻地领我出来。“小伙子，等你羽毛丰满了再来当兵吧。”我晓得他话里的意思。军人带着我，一边走一边哧哧地笑，“我们可是同石头打交道的坑道部队啊”。大概是一位文化干事，说话挺文气的。

当年送子前来体检的家长，像现在送孩子参加高考似的，体检室外围了好几圈人，翘首以待。然而我同父亲伫立在冰冻的雪地上，长时间地相视无语。父亲比我更要沮丧失落。

对您来讲，应该是次挫折吧，那一段时间您的生活？

挫折自然的，但也积累经验，总归还小着呢，等长大了长得壮实了，再去参军。那几年的生活反正没有闲着，忙得充实。春种秋收，拽耙扶犁，承星履草，那段时间我干过各种各样的农活和打临工，掌握了很多劳动技能。插秧、甩秧把子，背着二十来斤重的药水桶给棉花打农药，收割麦子，耕地、耙地，自己干得都很投入。农闲时，我会到建筑工地做小工，运砖头、搬石头、抬沙子，也能给家里挣些补贴。霜降过后，快到立冬时节，父亲让我进工厂学个吃饭的行当。当时所有工厂企业都是不能随便收人的。也巧，小尖农机修造厂有位表兄在里边做车间主任，托表兄去与厂里商谈，人家碍于面子又限于用工规定，答应可以来学个车工，性质属于自费学徒，但保证挑个最好的师傅。算是开了个后门。

那年冬天，响水下了一场罕见的大雪。纷纷扬扬，飘飘落落，一直下了三天三夜，黄淮平原变成雪的家园。南方的冬天是没有暖气，车间特别冷，滴水成冰，三六O型车床比我还要高，四爪子夹头也有六七十斤的分量，装卸夹头就要折腾好半天，成天弄得花鬼脸，几个月完全是个满身油污的小人儿。转过年，一九七四年三月，一个周末，师傅说你出师吧，下周勿要来了。我说师傅我才四个多月就出师了？师傅是无锡人，一个非常淳朴又聪明的城里人，三号个子，娃娃脸，小眼睛，一笑起来，两眼眯成一条直线。师傅说："我叫你出师，你就能行！"师傅把珍藏多年的白钢车刀赠送我："厂里也发不了你工资，只干活，哪有便宜的事体。出去闯吧。"

四月初，我到县五金套筒厂做车工。这个厂子跟农机修造厂一样，工人和全部设备，都是从无锡市全建制迁移过来的。我的性质是日记临时工。那种城镇劳动调配所安置回城青年的临时工，每半年要换一次介绍信。有了手艺，便有立身之本。每天加上夜餐费，也有一块出头儿的收入。只一年吧，就评上了二级车工，还带了个年长好几岁的徒弟哩。

我总相信，只要坚持，总有结果。人这一辈子会有无数坎坷与曲折，必须相信自己。理想抱负也好，梦想幻想也罢，只要心里有念想，就如一座灯塔，照着前行的路程。

您那年坑道部队没去成，数年后了却心愿，服役于北京铁道兵部队。

也许是命中注定吧，跟大山和石头杠上了。一九七六年三月，我已经长到一米七六。不是那种英俊挺拔，人见人爱呵，总归比较自信，兵役体检一路畅通，体质达到水兵指数。事遂人愿吧。服役于铁道兵第十三师六十五团，北京东北群山覆盖下的一座绿色军营。

然而人的一生，像在一座座迷宫中穿行似的。当前边打开了一道门，身后却关上一扇窗子。因为当兵，错过了参加恢复高考的机会。尽管在数年之后考取了学历、获得学位，然而当初没进大学的门，终成自己一生的憾事。

人的理想，就像春天竹笋一样，一节节往上拔节生长。到了部队，我并非要当元帅，而是只想当个排长。因为那时排长能穿四个兜的上装，特别是下摆两只大口袋，能装几本书。士兵的上装只是两个小口袋，放不下一本书，连个小册子都装不下。我有一个随身带书的习惯，只好别在身后的裤腰上，操练、干活儿要出汗的，既不方便，书也会湿了。铁道兵是支逢山开路、遇水架桥的钢铁部队。我们那个师，经历过援越战场，打隧道特别凶猛。我起初提起十八磅大锤都费劲儿，而后，可以连续抡锤二三百下。开山放炮，随时都有塌方和飞石的危险。自己的左腿也因此负过重伤。部队那几年，确实练就了体魄，强壮了筋骨，更磨炼了意志。

退伍回老家到国营响水粮油一厂上班，报到之后的第四天是一九八一年的元旦。回想起来，军队真正是一座烈火熔炉，往往铸就一个人刚毅的性格和自我约束的品质，如同翻过高山，穿过峡谷的人，还怕再走崎岖不平的小道么。

您从一个只有高中学历的普普通通的工人，成长为中国长城资产管理公司部门高管，在家乡众多人的眼里，您是成功的。您如何理解“成功”？

说实在的话，我对“成功”一词没有太深的概念，或者有些不同的理解。因为成功有许多要素性的标志，一般意义上指的一种结果而不是过程。也许你在某一阶段、某一件事情上，达到了你的预期，实现了目标，有了收获了。就像铺一条百米长的水泥路，车可以开了，人也走了，不过收工的那天只能说是告竣，因为前方还有路等着去开辟。又好比一场球赛，这场赢了，下一场可能输了，接着还要去打去拼。我很喜欢老子的一句话，“知人者智也，自知者明也”。但凡职场上的自知自明者，我想应该是失意时长于得意时，缘由是人的追求无止境的，始终处于不愿浪费光阴，不愿虚度年华的过程。因此我觉得，自己也就是一个不甘浪费日子、守望季节的人吧。季节来了，该种麦子时种麦子，该插秧时插秧，接下来等待开镰。当然也会遇到年成不好的，歉收。得失随缘，得之淡然，失之泰然。这就看一个人的定力了。

有个小和尚不知什么叫禅，就去问他的师父。老和尚问，你念经时想么子了？小和尚说我看见秋风落在树梢上。老和尚说你走神儿了。禅是定力，专心致志，心无旁骛。

就说学习吧，我觉得一直行进在读书的路上。我的第一学历是高中毕业，那时的高中毕业与现在初中生比，无论知识的厚度，还是信息的宽度，落差蛮大的。我很羡慕现在许多孩子从小学一直读到大学甚至博士。知识似水，事业如树，少了源泉，那树难能长大。这是基本常识。现在能进金融系统的特别是总行总公司这一级，起点是硕士研究生，我们长城资产又处于金融的前沿，理念新，技术含量高，所使用的金融工具大多是创新的产品，我所在的监审部二三十人，我身边的同事，大多数是北京乃至全国名校毕业的高才生，也有海外归来的学子，确实是人才荟萃之地。

这也是家乡人关心我，抑或尤为好奇的。一个高中毕业生越过几级，从县支行一家伙调到了人才济济的总行，又被选调到以投行为主的长城资产总公司，到底是怎么混出来的。是吧，有这样的疑问。我理解乡亲们，他们不晓得我每天要用十五六个小时或者以上的时间，来工作、读书与学习，我的业余时间基本花费在学习上。这还不是三五年或者八年十年，已成一种习惯，一种惯性。宋代小说家罗大经说，“绳锯木断，水滴石穿”。我很喜欢这句话。锲而不舍，用读书来弥补自己的短板。目的不是证明自己达到了某个学历学位，而且，也是最起码的，我在自己这门专业上，我的主张、见解、结论等还是比较切实可行的。换句话讲，上下都能接受我的想法，分管的业务处室大家还愿意听，效果也还说得过去。

唯有学习，没有其他可以复制的窍门。

爱因斯坦说过，人与人之间的差异，最终在于业余时间如何利用。掌控了业余时间，你就掌控了人生。我非常赞同。人与人之间的区别，不是在于大家走你也走，而是在于别人停下来的时候，你还继续前行。如果说，我在金融实践与文学创作上小有成绩的话，那么给养我的，就是从不间断地学习，利用业余时间，有目标地触及未知的领域。

除了专业业务，在文学创作方面，时至今日我也是如此。有句佛学语，叫作“功不唐捐，玉汝于成。”就是说人的功德与努力，都是不会白白付出，历经磨炼必有回报。说到这儿，觉得自吹自擂了不是。我只是想对关心我的家乡朋友做个回禀而已。

您起步于文学，痴迷于文学，也受益于文学。作为家乡响水县的第一个中国作家协会会员，你对文学的理解应该很深刻吧？

我走上文学之路，许是天垂恩泽，予之幸运。

一九八六年之前，经常习作一些小诗，见诸报刊，有古体诗也有现代诗，之后主要业余从事小说创作，写家乡的金融生活。自己也时常受到鼓舞，写一篇就能发表一篇，反映也还行，陆续地上了行业文学刊物和国家核心文学期刊，激发了自己的写作兴趣。

银行是个很特殊的专业技术行业，一般而言，重业务而轻文艺，譬如搞文学，未必有人待见。不是说别人不许你写，而是我自己也感到不务正业吧。如果将时间全部花费到业务研究文章上，单位与个人不是都有光彩嘛。那时各级银行鼓励多写业务文章，包括通讯报道，每年都有一倍至五倍的稿酬奖励。其实银行业务文章我自己感到写得也不赖，当年能在《中国农村金融》《中国金融》这类国家级金融期刊上，发表研究文章，也不是件很容易的事。只是文学作品扩散浸透功能太强，传播很快，覆盖了业务研究，知道的人越来越多。省行杂志社就此专门召开过促进式的金融文学座谈会。后来干脆明打明做了，不再遮遮掩掩地，总之文学创作环境不错，领导开明，同事期待，关键的是没有耽误银行的正事。

这条文学路上我受到过众多的恩惠。江苏老作家贺景文先生，我的老师当代文学评论家何镇邦先生，推荐我加入中国作协的获得首届茅盾文学奖的李国文先生和人民文学杂志常务副主编崔道怡先生，特别是被誉为“中国最后一个士大夫”的汪曾祺老先生，都给过我莫大的关怀教诲，深蒙前辈们的眷注与点拨。

关于对文学的理解，每个写作者都会有自己的观点。

我以为文学作品应有正义、正气、正直的意蕴。这也是我创作的基本理念。给人以光明与温暖，知性与力量。不仅是一种文学意识，也是符合自己对文学作品的审美情趣。比如金融题材作品，人家花钱买你一本书，读到的都是金融案件和行业犯罪，或者是一些暧昧的阴暗的灰色的描摹，读出了一身鸡皮疙瘩，那叫什么事儿呢。不错，金融有犯罪、有阴暗，也有内幕，那只是一座大山被耗子打了几个窟窿而已。如果将一个老鼠洞无尽地放大，甚或放大到掩盖了一座郁郁青山，那么很难说是善良明慧的作者所为。文学作品应该传递一种温暖，传递一个明亮的文学世界，呈现给大众真善美。诗意的美、伦理的善以及认知的真。所以我笔下的人物大多是正气的，即便是所谓坏人，也要给他一个干坏事的理由。这是我一孔之见吧。

家乡文学英才多出，我加入中国作协属于先行一步，相信后边会有更多人进入行列。寄予厚望，也乐见其成。从《灌河潮》杂志、响水报、今日响水网页上和私下朋友们的交流中，了解到家乡建设日新月异，城乡经济蒸蒸日上，甚为欣喜。同时感受到今日响水报的确是一张关注民生雅致大气的报纸，像一株倔强挺拔的小树，深扎灌河岸边，有着蓬勃的生命力；响水的本土文化文学事业也显得生机盎然。所刊载的文学书画等作品已具较高艺术水准。特别是读到以前熟悉的朋友的作品，那些佳作美文，总是心旷神怡。为他们的成长成熟而愉悦。

我有十年没写文学的东西了。理由是工作繁忙，其实是借口，还是懒啊。从另一角度讲，也是积累沉淀吧，博观约取。会有续作的，毋庸置疑。文章千古事嘛，来到这个世界应该留下点痕迹。我会写响水的，尽管笔墨笨拙。可我总在想啊，我将用怎样的方式怎样的文字，来表现我们聪明善良又有点心眼儿的响水人呢。汪曾祺老先生曾为我写下“文章略似龚易简，处事当如文宣王”的条幅，虽有过奖之誉，但也是老人家对里下河后辈晚生的期许。我一直作为自己的座右铭，激励自己、鞭策自己。

无论是作文还是做人，您都堪称榜样。您对如何做人可否概括一下？

中国是延续几千年儒家文化的国家，重德行讲信义，我以为做好一个人，首要诚实，品行端正，君子；其次勤勉，勤奋不懈；再是胸襟，肚量要大；还有与人为善。荀子说：“与人善言，暖若锦帛；与人恶言，深于矛戈”，善于发现别人优点，赞美其长，不仅是做好一个人的基本准则，也是一种美德。我们这个国度，至少说现在还不能接受那种夸夸其谈、自以为是之人吧。比如，腰有十文，必振衣作响，做富翁状，还整天在故宫、中南海周边溜达，要在那儿盖上一幢房子；

在知识学问上，知五说三者谦，知五说五者实，知五说十者虚。谦者人尊之，实者人敬之，虚者吹牛也，肯定讨人嫌，没人欢喜的。尽管是一种有趣和值得研究的文化情形。我想无论从事何种职业，做一个有德行的人是前提。

您是响水的骄傲，父老乡亲很是挂念您，您有什么心里话要对他们诉说吗？

感谢家乡父老亲朋的惦念，并请转达我热诚的问候。就用我在一九九二年《中国作家》上发表的《读海》散文里边一段话，作为我对响水父老乡亲的想念与祝福吧：

> 我兀自孤坐在沾满贝壳凸如老父躬背的礁石上，静静地，阅读从极目处卷起，在我心头伏落的海。海没有语言。海那澎湃的声音，是浩瀚的文字。一层层，一沓沓，汹汹涌涌，缥缥缈缈，又刻骨铭心。难以道清自己的情绪。我觉得自己融化了。
>
> 我忘却了自己的存在，甚至感到苦涩的灵魂在滞重的躯体里，一次次长出灿烂的羽翅，扑腾着飞出。如轻盈的海燕掠过水沫，掠过海面，穿过时间与空间，向远方……

二〇〇七年十二月

金融文学之坚守者

——答《中国金融文化》记者问

近期才读了您的长篇小说《新银行行长》，几乎是一口气读完，真有一种爱不释手之感。这是一部淋漓尽致的金融题材作品。从书中看，您对行长形象的刻画、命运的安排、艺术的描述及情节的把握，表明您对行长这一形象塑造是情有独钟的。

现在大家都忙，忙着各自的工作与生活。感谢你能够坐下来翻完厚厚的一本书，也是件了不得的事情。

这部小说被《长篇小说选刊》刊载并由中国言实出版社国内出版发行之后，许多朋友跟我叙述了其中诸多细节，谈了不少建设性的意见。听得出，他们是认真地读了这本书。除了像文学评论家何镇邦先生在《文艺报》发表文章外，许多从事小说、散文、诗歌和评论创作的朋友，包括不少未曾谋面的朋友，在《光明日报》《中国周刊》《金融时报》等多家国内外发行的报刊，以及自媒体上，一段时间密集地发表评论。包括“微信读书”在内的互联网上，也有众多比较专业的留言。这些评论和留言，有赞誉的也有批评与建议的。但有个共同点，就是他们对行长高庆兴这个人物的认可，认为可信度高，写得有血有肉的。有位省级分行的副行长，也是我的一位多年好友，他来京开会，特地约我小聚，谈了诸多感想。他从山区出来上大学，经县支行、市分行干到省行，他的经历与高庆兴这个人极为相似，以为我将他作为原型人物了。这些，对于作者来说，甚感安慰。

高庆兴在几家国有银行里是有代表性的。我收集了两年资料，于二〇一〇年春天动笔，小说背景年代是二〇〇六年，没放之前也未移到之后，因为此时正是我国金融体系股份制改革的初始之年。不瞒你说，高庆兴这个名字我换了几次，真的煞费苦心。意为国家实行了重大金融改革之举措而高兴怡悦，也为我们这代金融人赶上了好时候而庆幸啊。

国家三十多年发展得如此之快，完全超乎了人们的想象，金融机构尤其银行业做出了巨大贡献，或者说银行证券保险等金融人，做出了巨大牺牲的。站在行业外边看金融，无论是认识上还是情感上，不会有直接参与其中的金融人那样深刻，认为是总体布局得好。不错，布局是大局、大方向，殊不知银行是玩钱的，也是做实体的、做细节的，细到每一分钱的亏盈损益。而行长，都是各级单位的主心骨当家人，肩负重任，始终挺立于金融改革发展的潮头，含辛茹苦，甚或说忍辱负重，国家和金融业能有今天，各级行长功不可没。我做过县支行秘书，调总行还是当秘书，日常工作中接触最多的也是各级行的行长。不论平台大小职级高低，行长们虽经千辛万苦却保持矢志不渝的前行状态，这是我多年来最深的感受，也是我在众多小说作品中，重点刻画、塑造和描写的文学人物。比如《河与海的交汇处》《蓝色经纬》《金融岁月》《坚硬的老墙》《烟尘》《那片蔚蓝色的海》《硝烟》

等，行长大多都是主角。

当然了，包括无数优秀的员工，他们都是小人物，一辈子酸甜苦辣，奉献青春与汗水，甚至生命。我作为一位金融从业者，一个写作者，没有理由不去书写他们，那些默默无闻、英雄的金融人。

在您走上文学之路时，您的家庭和周围环境对您产生过影响吗？

我走上文学之路有家庭的因素，有周围环境的影响，主要还是读书较多，早年读书范围比较广，聚水成流吧。

我父亲早年投身于革命，之后长期在地方从事公安和行政工作，直到离休。由于兄弟姐妹多，母亲早先工作一段时间就成了全职家庭主妇。我从父母身上得到的是忠诚、坚忍与善良。真正文学影响是我的外婆。外婆小脚，一辈子食素，虽然一字不识但能讲出无数优美的故事，七仙女下凡、薛仁贵征东、薛丁山征西、七侠五义等，从头讲到尾，细枝末节，描述得活灵活现的。这些快意恩仇的演义，稀奇美妙的神话，同外婆一起陪伴了我的童年。

我家乡处于江苏北部扬州淮阴盐城三市的里下河地区，灌江流域。自古以来一直有着尚文的风气，也出了众多的文学艺术大家。别的不讲，就说四部历史名著作者，有三位老先生与此地密切关联，像兴化人施耐庵、淮安人吴承恩、江宁人曹雪芹，若算上施耐庵的随行弟子并州人罗贯中的话，就四位了。老先生们对当地文化浸透力，相当深远。还有当代文学大家高邮人汪增祺老先生。他们笔下的文学人物，三岁孩童也能说出一二三来。好比一个家里爷爷是剃头的，父亲是剃头的，儿孙们也可能是剃头师傅。文学环境的影响，于我也是。

我喜欢读史学文学的书，少年至今一直保持这个习惯。现在每年也要读上二三十本书。有的书要重复读上好几回。其实，绝大多数人是喜欢文学的，应该属于一种天性吧，也是人类的密匙。文学、哲学与宗教并列为人类精神领域的三驾马车。哲学如同黑夜中的光束，照明了前行的路；宗教是寄托，灵魂的港湾；文学是诠释世间万物之美。

无论家庭、环境还是喜爱，我少年时都没有做过作家梦。因为觉得遥不可及，所以没敢做这个梦。现在才明白，书读多了，日积月累，水满则溢，自然而然地产生创作冲动，关注世界，关注人生，关注人的命运，用文学的眼睛去发现美，水到渠成，打开混沌的充满无穷想象的天窗。我走上文学创作之路，完全是无心插柳，歪打正着。

为了传播金融文学，您曾创办过《银海花絮》《金融作家》报刊。

《银海花絮》是一九八八年在江苏响水创办的，开始是刻钢板的油印件，后来改为四开版由印刷厂印刷。现在看来，虽然是一张稚嫩的小报，还真的是金融系统第一份纯文学报纸哩。

在银行要办成一件事，我们常说需要“权力推动”，特别搞非银行主业的文学艺术，离不开领导的开明与通达。我悟出一个规律，但凡具有艺术素养和文学鉴赏力的领导人，大多是开明的，也会有宽宏的事业线。当年支持我办文学小报的是李峰林先生，时任县支行行长，后调任省行国际部总经理和无锡市分行行长，现在是一家上市公司的董事长兼总裁，他所学并非文科专业，而是苏州大学数学系地地道道的高才生。同样，时任农业银行总行工会主任周继太先生（书法家，后任海南省政府秘书长、中国南方电网副总经理），他本人不搞文学，可是特别支持创办文学刊物。

有一段插曲，对我后来影响很大。

一九九三年，我在《中国城乡金融报》副刊部做记者编辑，一九九四年是农业银行恢复十五周年，要组织一台庆典晚会，马永伟行长将此任务交给工会。搞晚会要先搭班子，一共四个组，选来选去却让我挑大梁，担任晚会编导与宣传组组长。现在想来应该是王祁先生推荐，继太先生拍板的。

其实，我虽有军队文工队专业的经历，却没弄过舞台编导。那时也有冲劲儿，一口承揽下来，不会就学呗。当年农业银行有一百六十五万在册员工，包括现在农业银行、农业发展银行、长城资产、全国农村信用社和银河证券部分，真的是人才云集，用一个多月时间就从十八家省级分行，选调了八十多个节目，好中选优，组织一台晚会，邀请了央视孙小梅、陈铎当主持人。

农历正月十四，二月二十三日在民族文化宫首场演出，动静挺大，反响不错。中央电视台也播出了实况录像。随后由马永伟、段晓兴、周继太等领导带队，赴北京周边省市巡演。巡演到天津时，继太先生笑眯眯地问我，你小子还真行啊，留下来吧，来办杂志。他总是一副善良敦厚的笑，说，我同高洪华（时任总行办公室副主任、报社社长）商量一下，请王文媛（时任副刊部主任）放人。就这样到了总行工会组织宣传处，处长是我敬重的老大哥王祁先生。王祁先生是金融作协第一任主席。

农总行工会搞了两个杂志，《职工之家》是内部月刊，赠阅至全国县级支行。《金融作家》是一份纯文学期刊，由于需要全国公开发行刊号，就邀请了内蒙古作家协会合办。我只干了创办杂志的具体事务。可惜时间不长，继太先生调任总行办公室主任，我同王祁老兄先后去了总行办公室和农业信贷部。三人都走了。其实完全可以继续办下去，多种因素吧，刊物还是停办了。尽管存续的时间短暂，此刊将“银行人写银行”上升到“金融人写金融人”的金融文学创作理念，这是个重要的突破。

这也是您在金融文学理论上的突破。您那篇《关于金融文学的几个认识问题》的文章，系统地阐述了当代金融文学的起源、孕育、发展过程，金融文学的基本含义及其特征、特点和基本要素，至今还没有见到这方面比较完整的论述。业内作家们比较一致的看法，您从理论上解决了金融题材创作方向性问题，这是对金融文学理论做出了奠基性的贡献。

感谢朋友们对我的肯定与鼓励。早在二十年多前，我就写了一篇《试析金融文学创作的制约因素》(发表在《现代金融》一九九一年第五期)的文章，谈到了构建金融文学理论设想。既然是金融作家杂志，就不啻局限于银行，还应放大到保险、证券和非银行等金融机构。

其实做文学理论研究，主观为自己的。我在动笔《奔腾的灌江》之前，已经有了比较清晰的思路，即用小说来回答什么是金融文学，并且按照自己的理解融入创作。尔后，依据写作过程碰到的许多问题，做些总结和理论探索，笔记整理了两万多字。二〇一三年中秋节前夕，时任金融作协常务副秘书长袁先行先生来我办公室，说他们要搞一次会议，陈炜部长希望我能参加，作为全国金融系统较早加入中国作协的作家，同大家讲讲创作情况。正好，我将此文带到十一月十六日的会上，与大家分享。此后有三家杂志刊出了该作。也正是那次，陈炜先生动员我兼任金融作协领导职务，并表明，也是杨树润主席的意见。

不过我自己还是觉得评价高了。可是反过来一想，因为没人专门研究它，我弄出第一篇研究性文章，说它是“奠基性”，勉强凑合吧。

好比一大片人迹罕至的荒原，有人挖了第一锹土，搭建第一座棚舍，不管他的这锹土，挖得是否恰当，草棚砌得是否妥帖，由于冒起了炊烟，称他为“拓荒者”也说得过去。希望更多的人加入拓荒的队伍。

也正因为鼓励更多的人参与研究，我于二〇一八年组织部分金融作家，举办了首次金融文学书面理论研讨会。几年前，我也曾参加过一些理论研讨会，大家围着桌子坐，端着茶杯聊，所以我们搞研讨，必须捣实锤子。前后准备了四个月，择优挑选三十余篇文章与会交流，从金融文学理论、金融文学史和金融文学批评三个方面，就金融小说、散文、诗歌、报告文学、影视文学等体裁门类，展开多个层次，有的观点甚至是相反的深入讨论，最后得出基本一致的认识，形成了一万五千多字的研讨综述，效果很不错，对于引导金融文学创作，应该是十分有益的。

金融之于文学，恰似一座含藏量极其丰富的金矿，外边人看不真切，也写不透，只有金融人说得明白，也应该说明白。

我觉得一个作者文学理论素养深浅，就能从其作品的艺术描摹中看出高低。尤其是我们这帮子行业作家，野路上来的，几乎全是半路出家的草根子，没有受过专业的文学训练，可是一些人不在意文学理论修养，总以为写出来就行。因此，出现了即便你费心思写了多少万字，花钱印了多少本书，还请媒体前来捧场，最终你的作品还是浅层次、甚至不上道的自娱自乐现象。然而，科班出身的，特别是那些经过严格文学训练和理论熏陶的人，常常成为名家大师。有人会说，过去不认识几个字的照样成了大作家。是的，可你知，多少人给他修改，多少次学习进修，加之勤奋特别是天资聪明而成就了他。

就像大地接纳雨水形成溪流一样，文学理论是作家通过学习成为血液里流淌的一分子。

您不仅从理论上解决了金融题材创作的方向性问题，而且，您在文学创作、作协工作上也是成绩斐然，德高望重。因此，本期《中国金融文化》杂志准备将您作为封面金融文学的领军人物来做个专题报道。

千万别搞上封面，也不能称我为领军人物。我只是个常务副主席，阎雪君先生是主席，出了不少高水平的作品，还有廖有明、庄恩岳、魏革军、李劲、王新荣等副主席，他们在机关单位多是局级领导，做好各自分内事务，又不忘对金融文学做出了奉献。故而这几年，金融作协呈现良性发展的势头。我顶多算个金融文学参与者、坚守者罢了。

金融作协是中国作协体制内新加入的团体会员，尽管在行业作协中是个小弟弟，这几年有异军突起之势。金融作协的伸延机构已经覆盖了全国省区市和主要行司，国家级会员七十多人，本级会员近千人，二级会员三千余人，本级80后、90后会员二百二十多人，获得国家级文学大奖、省级政府奖和各类专项文学奖的三十多人次，比如鲁迅文学奖提名奖、骏马奖、儿童文学奖、冰心散文奖、郭沫若散文奖、叶圣陶文学奖、金麻雀奖、紫金山文学奖、天山文学奖、黄河文学奖等，不仅含金量高，成色也重。

我希望《中国金融文化》杂志这一份覆盖全国金融系统的大刊，应多书写为金融作协奠基夯土和砌墙造房的人，比如陈炜先生、王祁先生，没有他们的坚持与努力，没有中国银监会和金融工会领导层的信任与垂爱，金融作协不可能有今天如此鲜活的景况。

这是必需的，慢慢来吧。一九九一年您就是鲁迅文学院第七期青

年作家班学员，一九九二年就在国家级核心文学期刊发表散文作品，一九九三年出版诗集《太阳河》，一九九五年加入中国作协，这在当时都是相当不容易的。二〇一三年您的《奔腾的灌江》获得首届金融文学奖长篇小说一等奖，二〇一四年又被《长篇小说选刊》刊载，随后国内出版，二〇一六年出版社将其作为中美文化交流项目，授权美国太平洋国际公司在美国出版发行。同年，几乎全票推选为中国作协第九次全国代表大会代表，首次全国金融系统德艺双馨文艺工作者，我才说了部分呢，这还不够金融文学的领军人物吗？

你掌握得这么周详啊。

请允许我解释一下。首届金融文学奖是两人并列，另一位是牟丕志先生。长篇小说选刊同期发表也是两部，另一人是张奎先生。我的意思是说，我并不出尖。在中美文化交流项目中，金融题材比较少，占了便宜。同时人家做过中国图书市场调研，不做亏本生意，有些市场价值吧。算我运气好。

您所言，更让人看到您个人品德的可贵之处。您的资历、学识、成就、作品影响力，尤其您的真诚厚道，人格魅力，不计名利地为金融作协和金融作家们工作，奉献于文学事业的精神，令人敬仰。

受人夸奖实在是提精神啊。不过别人如何评价，我不太在意。我是个比较注重修行的人。处事超然又懂得感恩，为人大度又不丢掉尊严。相逢一笑，不记人过。再大的事天塌不下来。别人对我的好，总是忘不了。你想想吧，一个灌江边上基层银行里的小科员，到今天，一路上无论工作还是文学，得到过许多人的搀扶提携和关怀啊，我却无以回报，他们也无须回报。可是他们的人格品德，滋养了我的灵与肉，我以他们对待我的赤诚与无私的方式，对待文学事业，对待需要我帮助的人，可以说无私地提供授教、机会、平台、资助，甚至涎着脸去替人求人，包括我十几年前就开始做的公益。

人的一生，不论生命长短，觉得无愧，觉得天地辽阔时，活得才有意义。

请您谈谈中国金融作协今后一个阶段将有哪些安排。

作为一个体制内的金融文学团体，既是金融系统作者作家之家、中国金融文联和中国作协工作的执行组织，也是传播金融文化的群团组织，就应有所担当，应该有计划地为金融作家们和推进金融文学事业发展做些务实的工作。除了中国作协和金融文联下达的任务和自身常规工作外，大概有这么几项。

比如与湖南大学出版社合作出版《当代金融文学精品》丛书。这个想法有两三年了，苦于没有这块资金。也是无巧不成书吧，去年初通过好友鲁小平先生，结识了潇湘电影制片厂著名编剧王青伟先生，他几乎没有犹豫，表示资金没问题，无条件支持。天底下还有如此爽快之人。击掌为约。雪君主席和新荣部长听了都非常高兴。资金有了，还是费了一年多的周折。上个月金融文联下发了征集通知。征集对象为全国金融系统从业人员及离退休员工，包括银行、证券、保险、非银行金融机构和全国城乡商业银行、农村信用社，还有合资与独资金融机构员工，六月二十日征稿截止，目前丛书选编人员已经确定，小说家、诗人、散文家、报告文学作家、影视文学作家、文学评论家，共计三十人，从金融作协系统选调的。争取国庆节前夕付梓，代表一千多万金融人，向共和国七十华诞献上一份文学厚礼。

接下来要做的，同北京一所大学共建金融文学馆，或收藏馆。目的是将所有金融作协会员的代表作品，收藏、陈列、展阅，并建立会员电子档案，以便互联网搜索查询。已派出一位副秘书长洽谈，对方回应相当积极，也表示无偿支持，还提出许多建设性的意见。同时设想以这所大学为依托，共建金融文学院，选派骨干作家担任客座教授。其他设想，比如，采取多种形式鼓励和培训金融作家，冲击撷取茅盾文学奖、鲁迅文学奖、老舍文学奖等国家最高文学奖项；开展百人百优活动；每年推出一批高水平的文学作品，鼓励更多的金融影视作品，进影院上央视等。我说的这些，并不是凭空想出来的，而是许多行业作协已经或正在做的。总之，金融作协和作家们应该有所作为。

最后请您对金融文学的前景，做个预测。

预测，等于算上一卦了。可以肯定的是，正像一年四季中的春天，金融文学在中国文学百花园中，必将盎然绽放，多姿多彩，以其独特的魅力，弥漫着醉人的馨香。这是可以预见的。我有四点理由。

其一，随着金融战略地位上升，召唤更多、更优秀的金融题材作品。当代世界各国有一个共识，就是要打败一个国家首先要摧毁它的金融体系，世界最后战争是金融战争。现在我们金融与国防已被置于同等重要的战略地位，这会给金融作家们提供极其丰富的文学资源和展示作品的时机。

其二，世界各国特别是经济金融发达的西方国家，金融题材作品已经是当代主要文学流派，这是世界文学潮流。中国是世界经济体中的重要成员，文学随着潮流而动，金融文学将成为中国文学的重要组成部分，不管你是否认可，这都是发展规律。

其三，高素质员工队伍尤其是喜爱文学的青年人，将会形成金融作家后备的人才流。随着智能化管理与全球化趋势，金融行业招聘新员工的门栏逐年增高，现在全国系统有一千多万高学历、高智商的员工，既是庞大的读者群，也是作家队伍源源不断的补充力量，金融文学艺术人才辈出已成定数。

其四，金融作家的勤奋，将催生更多名家名著的产生。固然同其他行业作协相比，我们现在资历尚浅，全国有影响力的作家作品相对较少。这是我们的短板。然而金融系统是个藏龙卧虎之地，仅仅几年就取得了以前难以想象的文学成果。可以预见，金融作家不仅能够夺得茅奖、鲁奖、老奖，中国也将能够产生《金融家》《金钱》《金融岛》这样的世界性著名和德莱塞、佐拉、城山三郎这样的世界级金融文学作家。

中国金融文学的前景一片光明。

二〇一九年六月

我是农金人

我喜欢秋天，喜欢坐在秋天阳台上，看着窗外的景色。

海棠花蕾吐艳，满树粉白，微风下树影婆娑，下雨似的落叶纷飞。高高的五彩树仍旧向着天空伸展，那叶片是紫的、黄的、绿的、红的，挂在枝丫间，在粉红色的紫薇和低矮灌木的衬托下，显得一副不屈的傲然神态。几只忙碌的白头翁，在枝头跳跃着，不时发出几声啾啾的鸣叫。有时候不远处还能听到修整草坪的机器轻微的声音，随风吹进来的，尽是那浓浓甘甜的青草味道。

玻璃桌几上，一杯淡淡的清茶，两份金融类杂志，一张金融类报纸，飘着墨香。三份报刊均用“农金人的往事”作通栏标题，大号字十分醒目。上边有许多我熟悉的朋友回忆文章。改开四十周年，银行证券保险各家当作大事，成就展览，著书献庆，隆重且俭朴的纪念活动众多。毕竟，这三四十年金融业沧海桑田般地变化，颠覆了人们的想象力。我们这一代金融人，既是共和国史诗般壮举的见证人，也是这场波澜壮阔变革的参与者。当年，农村金融系统有一百六十多万员工，农行与农村信用社，主要为农民、农村、农业提供信贷服务，被称为“泥领子”的农金人。他们用自己一点一滴的汗水，汇成奔流不息造福于后世的壮阔江河。理应被后人想着，被惦念着。

屈指算来，农村金融体制改革二十五六年了，分设了现在的农行、农发行、长城资产和全国五万多家农村商业银行。当年一百六十多万人，如今有的早已作古，健在的大部分亦已退职休养。我作为金融作家协会为数不多的老农金人，虽然只是沧海一粟，一粒泥沙，但也成了金融媒体约稿约访的“挖掘”对象，似乎转瞬之间就会消逝甚或被尘土淹没的“宝贵财富”和“珍稀资源”了。现代年轻知性的新闻工作者，他们或她们的遣词用字，总是让人感到温暖。

响水县支行位于县城偏南，当时是城郊接合部，现在已成繁华的都市中心，一座浅灰色办公室大楼，依然是一副敦实而大气的模样。大院里松柏常青的花园，枝繁叶茂，生气勃勃。早上迎着太阳，骑个半旧的自行车上班，穿过车水马龙的东方红大街和飘着油条、烧饼香味的幸福路集市，转上两旁宝塔松护卫的黄海大道，也就二十来分钟到班上。中午回家吃饭，夏季还可睡个午觉，晚上披着金色的余晖，原路下班归巢。县支行的六年生活，都同农村金融那灿烂有情的曙色密切相连。

开始当政工秘书股股长，后来全省统一改作办公室，大家改口称主任。虽然与说好了的岗位有差别，但正是办公室事无巨细的工作磨炼了我。县支行办公室被笑称不管部，人家不管的你得全要照看，比如文字综合、行政事务、后勤服务、产房管理、学会研究、车辆管理和武装运钞调度，还有办公环境、迎来送往、安全防范等。不管部的事务固然庞杂，却事无小事，丝毫马虎怠慢不得。我感触极深的一是金融研究，二是文字综合。无论是实务调研，还是理论研究，都是训练人的观察分析推理能力，获取解决问题方法的。文字综合主要是总结、报告、讲话之类。特别有趣的是起草领导讲话稿，你就得装了，拿自已当行长，一手握笔，一手铺纸，装出一副胸怀天下、眼观四野的神态，谋篇规划，总揽全局，国事、家事、天下事，事事全在腹中盘算。见笑了。总之办公室很是锻炼人的地方。

那时，四家国有银行分支机构禁止混业经营。有个大致分工，工行管城市工商业，也叫城市金融，建行管基本建设，中行管对外国际业务，农行与信用社管县及县以下业务。不像后来，农行信用社可以进城、允许出国，城里的银行准许下乡，地方银行也能去全国甚或至北京开办分行。当年从农总行、省行、地市行、市县行到乡镇营业所，条线共分五级机构。响水县支行内设十三四个专业股，包括信用合作股，同县联社是两块牌子一套人马，一般由一位副行长兼任联社主任。在全县十八个乡镇设立了营业所信用社，人员混着用，加到一起二三百号人。在二百六十多个行政村，还设置了一百六十多家信用站，信用站代办员选用村里的能人担任，没有正式编制，不吃皇粮，主要依靠存贷款手续费支取劳动报酬。但每年要从信用站干中择优录取部分代办员，充实到信用社，特别优秀的，再选拔到农行队伍来。而今许多银行的行长和部门总经理，均有过信用社的经历。

记忆最深的要数春播秋种两个忙碌季节。那时农业贷款有个原则，就是“春放、秋收、冬不贷”，也反映了农村金融业务的特点。春天，农村各家各户要购买粮食和棉花豆类种子，农药地膜生产资料，家禽家畜幼苗，沿海滩涂和盐场要筑堤打坝，渔业海洋捕捞要修船补物，其他各类经济农作物要作资金投入。此时，县支行各部门负责人要到一线，同营业所信用社主任及外勤人员，跑遍全县二三百个大大小小的村子，几万家农户，起早摸黑，挨家逐户核对需求，小额贷款现场发放。额度每笔有三块五块钱的，也有十几块二十块钱的。当时农户贷款，上百元就算大额资金了。一两块钱、几角钱一笔贷款不在少数。现在看来，真的是匪夷所思，而当时确是这个景况。

夏粮秋粮上场了，行社员工又要全部出动，趁着农户早晚在家时间，上门收取贷款。同时常年在棉花站、粮管所、食品站，这些收购粮棉油和牲畜场所，布摊设点，为农户提供还贷之便。有一句话，叫作“晴天一身汗，雨天一身泥”，就是当年农金人的真实写照。不论是行长的主任的还是办事员，一起在农村辽阔的土地上奔走。农金外勤更是辛苦的人，去村里总会挎上只布包，带上一把算盘、一个账本、一双水鞋、一件雨衣。南方春夏雨水多，有时一下就是十几天甚或几十天，连绵不断，有的外勤人员干脆打着光脚。当年“泥领子”的农金人以吃苦耐劳而著称。

最让人发愁的，要算每月的吸储指标。县支行人员除了自己那份职责外，还有吸收存款和蹲点清收贷款的两项工作。吸储任务按照不同岗位，每年五万元到二十万元不等。那时还没有超额了发奖金这个概念，不过任务完不成，要同工资挂钩，月月兑现的。每月工资也就百元出头的样子。吸储的时候，我总想着跟农村“收时福”一样。一种用实物支付劳动报酬的形式。村里有过河摆渡的、剃头的和做裁缝的，平常不收工钱，到了年底，或提着麻袋，或挑着筐担，一家家收取“时福”的粮食，以付工钱。农金人上门吸储，也是拎个大包，不过大多在县城居民区，一般晚饭过后，与人家约好了，收了这家的钱，再往下一户跑。大概一九八八年，响水县支行个人储蓄存款超过了一个亿，现在也就几笔存款交易罢了。可在当年要上新闻头条的。正是农金人这种不顾体面地吸收储蓄，寸积铢累，聚沙成塔，富裕了乡镇企业和乡村农户。

最难忘怀的是所社蹲点，协助乡镇营业所信用社清收贷款和大额贷款跟踪调查。仿佛从天没亮出发，背上一只军用水壶，自行车后座绑上公文包，一天行程一二百里路，晚上摸黑才回城。有时任务紧了，要吃住在所社。蹲点不只是要账啊，还要帮助缺少人手和老弱病残的农户，收割稻子、摘棉花，还要推到粮管所、棉花收购站出售了，贷款方能销账。印象深刻的是一个冬天，雨夹雪天气，所社组织了八条汉子，雇上几台手扶拖拉机，分头行动，帮助十几家农户卖了二十五头猪。那成年公猪长得圆滚滚地，特别有劲儿，全身都是泥水污物，到处乱窜，逮不住也抓不着。此时也顾不得干净了，干脆猫扑上去，如同摔跤运动员比赛一般，使劲儿搂抱着，摔个四脚朝天，大伙儿一起捆个结实。就这么逮猪、捆猪、抬上拖拉机，拉到食品站，再抬下来，过磅、收款，到结清每户的全部贷款。身上的那个猪臊味儿呀，三五天消弭不了。大伙儿打趣地说，就着这猪臊味儿也能下酒。

我常常想，天底下最忠厚、最讲良心的要数中国的农民。只要不发生天灾人祸，即便收成不好，砸锅卖铁也要把贷款还上，碰到逾期的，也会找乡里村里有威望的或有经济实力的人，出面做个分期付款的保证。他们的庄稼长得好，牲畜肥壮，有钱了富余了，他们会敲锣打鼓给你送大红锦旗，请你抽玫瑰烟，喝自家酿制的酒，还帮你义务地宣传，帮你拉存款。所以农户贷款在各类贷款中，回收率是最高的。

每年最辛苦的要数渔业贷款跟踪调查。农户贷款贷调查，可以看看庄稼长势，圈里牲畜大小肥瘦，乡镇企业贷款去工厂转一圈，再看看生产销售库存和台账，基本清楚。渔业贷款则不然，主要投资于买船与修船，等捕到了鱼，卖了货，才能归还贷款。那时还不具备现代的导航和海洋气候预报系统，损失和残破率常常比较高。另外是渔船出港，四海茫茫，不知它去哪里打的鱼，有的不回港，就近港口也能卸货出售。一般跟船调查，都是凌晨出港，落日归来。上船往往一整天，前一两个小时还行，看看海上跃起的一轮红日，看身后的陆地，就像天边上画了一道淡淡的粉笔线，立在天地间，格外辽远无边。再往前行，水天相连，就分不清哪是天哪是海了。接着头晕恶心，稍有风浪，胃里如同翻江倒海似的，趴在颠簸摇晃的船舷，就差没把肠子吐出来，几天还不了魂儿。

姑且说，有良心的人居多，自然也有赖账的人。处心积虑想赖账的不是没钱人，而是少数信用差的企业主、商人、承包户，挖空心思转移资金资产逃贷。真正遇到了家徒四壁，只剩下几双破缺的碗筷，甚至没个安身之所，你还催款逼债不成？符合五项条件之一的，都有扶持减免政策。遇到了贷款钉子户，那是要动真刀真枪的。比如，诉诸法律司法查封，动员其亲友劝告，农金人二十四小时蹲守，按线索奔赴全国追缴，甚或不排除简单过激而有效的手段，将其抵押资产收归国库。我曾在一篇小说中描写过追逃贷款的情节：行长去一家有背景的大企业催贷，喝一碗酒就能收回一百万，行长连着喝下十大碗，直至吐血。现实中的农金生活，远不止于此。农金人为守卫国家的金融资产，付出了巨大的代价。三十年前，被追授和授予“社会主义农村金融卫士”称号的杨大兰、潘星兰，就是其中杰出的代表。

一九九三年之后，农业银行先后完成“一分一脱一剥”的历史性任务，“农金人”一词，亦渐渐地淡出了历史，但始终是我心中的一束绚丽的光亮。历史记住了他们，曾为当代中国经济巨树担水浇灌的人们，付出了巨大牺牲的农村金融员工。我很幸运成为农村金融队伍中“泥领子”的一员。从一九八六年到一九九九年，这十三年，前边的六年我是在县支行辛劳有趣地生活，后边的七年在农总行四个部门辗转成长，这是我一生中心怀感激的路程。一次次磨炼式的延续，也是一回回行进般的接力。很难忘却也无法忘怀，自己的身上和血液里流淌的，照旧是农金人特有的那种坚韧良善与质朴的泥土气息。

我时常回忆起，农村金融那块富饶土地上，金灿灿的麦子和麦穗飘香的时光，正是我在县支行那难忘的六年。

二〇一九年十月

因缘际会

进入农行之前，我在一家粮食企业供职，粮食企业之前在部队服役。

说起来挺有意思的。长到十八九岁没见过像样的大山，许多朋友也许不愿意相信，但却是真的。我们那地方属于南北大运河以东的沿海平原，出门不是深沟浅渠，就是河海湖泊，两三万平方公里的土地上，几千年没长出一块石头来。传说原来是有山的，被二郎神君赶到海里去了，听者哈哈一笑。没山就造一座吧，有个地方用河泥堆砌还没有响水盐场盐岭高的土山，起个响亮的名字叫泰山，听者也是哈哈一笑。这都是无可非议的。人们对山的向往是一种精神上的崇拜，比如氏族图腾，比如佛祖菩提树，有啥厚非的。

到了北方部队服役，一头驻扎在燕山山脉的深处，没了视野中的一马平川，成天仰着脖子朝天看，四周山岭相连，绵延数百里，除了崇山便是峻岭。这才悟出一个道理：原来，平原是教人往前看的，看得远；山地是教人朝上望的，望得高。高与远之间，存在一个暗合曲径通幽的禅意。一条无边无际、峰回路转、盘曲攀行的人生之路。

坐落在灌江南岸的国营响水粮油加工一厂，是一家老厂子，之前是个老作坊，年岁可以追溯到光绪做皇上那会儿。计划供应粮油年代属于响当当的厂子，在当地多有好声誉。即便再丑的男人都能娶到漂亮的媳妇儿。我结束了五年的军旅生活，退役回老家进入这家企业做政工秘书，用了四年多时间，幸运当上了厂长。当时全县就这么一家生产米面油的粮食企业，专供定量定销户口吃饭。虽然是个老厂子，但新人多，民兵连建制，正式工、计划内用工、计划外用工、土地征用工、季节工、临时工，统统加到一块儿大几百人。年轻人多嘛，自然文体活动少不了。一次厂内组织职工篮球比赛，为公平起见，要请个外人来当裁判。我的一位儿时好友，北京人叫发小，尽管他的篮球技术要比裁判水平高得多，可他高视阔步，一副执法如山的样子，容不得别人怀疑他的裁判水准。于是，就请他来执法吹哨子。我们两家只一墙之隔，他住在工业局的家属区，随请随到。

南方的夏天，骄阳晒的水泥球场，烫得能炒熟花生。此言不虚，煎熟一块鸡蛋饼，定然不在话下。半场休息，好友擦着满身水淋淋的汗，边喝绿豆汤边看着我，脸上浮起孩子气的笑，突然冒出一句："想不想换个单位干干？"

我们平时总是相互逗着玩儿，以为又有什么新鲜的玩笑。他说是认真的，他放下茶杯，趋近说，现在银行正从地方选调干部，你很适合在银行，只要不怕委屈了你。好友毕业于苏州大学数学系，刚从县政府选调农行，担任县支行行长。当时几家银行从地方国营企业招聘员工，我是知晓的。厂子里好几位年轻人去了工行和建行，还是我签的字。好友慎重地透露了文件上的文字，说这次是要从企业的现任成员中，选调年轻的干部。事不宜迟，让我考虑考虑。我明白他不是像平时闹着玩儿的，但还是说："可那银行是上头垂直管理的，庙堂之高与江湖之远呀。”

那个夏天，显得尤为炙热了。

我嘴上这么讲，心里“咯噔”一下儿。因为进入这家厂子，就没想过要换一份工作。如同平坦大道上开车，突然有人嘱咐你转向，开去一个陌生地方，抑或毫无概念的未知领域，不免犹豫起来。

对于银行，我当时真的没有多少概念。虽然知道响水有几家县支行，但并不清楚银行具体是干啥的。那时粮食加工企业不同银行发生直接关系。生产形式叫价拨加工，收取加工费，原料的调入，成品的调出，米面油投放到各个粮管所粮店，专门有个车队，均由粮食局统一调拨。厂子只在银行开了存款户头，没有信贷往来，日常结算发放工资之类的事体，都由财会部门张罗。有时到了年底，银行要完成贷款任务，还上门来推销贷款呢。那时在世人眼里，干银行的不如商业、粮食、供销一个站柜台的。更何况，当时我干得那么热闹，优秀厂长、人大代表、先进个人什么的，一串儿光鲜的名堂，红红火火地，干得正在兴头上。

心思这东西，挺邪乎的。往往是一个躲在冷僻之处，朝着深邃的天空不停张望的精灵。不像现在的小年轻频繁跳槽，不愿干拔腿就走。甚至稍有一点点不乐意，不顺心的，立马摔门辞工作。那时进入一个单位，铁定门朝南，就是终身职业。当然了，那时了无更多的职业选择。跳槽，这个词还没时兴，也无多少人敢用，因为词意的本身不是太那么文雅。对于走与留，像一头迷离小鹿，在我心里头乱撞。直行还是左转，似乎走到人生的岔路口。

打开厂区的北门，便是奔流不息的灌江。走过百十米长的钢筋水泥构件的通道，一座建筑在江边专供运粮的码头。江心白浪滚滚，江边渔火点点。夜晚的江风，驱掠白天的燥热，徐徐地，那么通人情意的凉爽。

真正触及心灵，带着强烈阵痛的择业，只为两三件事。

当年企业班子中最多时八位领导成员，除我之外的七位副职中，有参加过战争的老干部，有部队转役的营职以上军官，另几位大多是粮食专业院校毕业的，有一位还是俄语系的名牌大学毕业生。撇开自己的年龄，无论资历学历还是专业，均无优势可言。

当年唯学历论，唯文凭使用干部，对这些令人难以理解的稚拙做法，也多少产生些失落感。抑或是转化为择业的动因吧。同时自己在部队施工中负伤还未痊愈，左腿伤里边的碎骨没取出来，每逢阴雨雪天，疼痛难熬，全凭年轻体壮硬撑着，要治愈就得住院手术。而身为一厂之长，琐务缠身，无暇治疗，整天忙忙碌碌没得个闲空，别说住院了，就是坐下来读本书的时间亦难做到。

想读书啊，当时就是想读书。若能换个地方，至少业余时间可以系统学习，无论自学还是脱产，不啻是圆了自己大学的梦，而且想提升自己的文化知识。当年因不符合推荐上大学的所谓条件，张榜之前，愣是从一所大学的录取名单中划除。夙愿难了，魂断蓝桥，一直是自己的心痛。试想一下，手拿一张那时没念多少书而获得的高中毕业文凭，有啥底气去面对共事的老资格战士和粮食专业的行家。再怎么自信的人，也会觉得寒碜吧。这是心里话，且心有不甘。渴望寻机学习，二十八岁不算老，一切还来得及。

让我产生择业想法，还有一个因素，就是厂子的生产经营平稳，职工安定，即便后来分出了一个分厂，主厂依然安稳，何况副职中无论谁接任我当厂长，做得不会比我差，腾出地方来，他们才会显露其能。这是一份做人的良心。

此外我的这位好友，我们少年时曾在一家工厂做过近两年的临时工。我们住在一间宿舍的上下铺，有书伙着看，有钱合着花，有好吃的分着享受，没分彼此，纯真的友谊，少年的知己。在我当兵的第二年恢复了全国高考，他临阵磨枪一考即中，而且是高难度的数学系。我们的父辈也是多年的朋友，两家姐妹兄弟素有往来，他的家教、涵养，为人品德，自己一清二楚。起码不会将我带到糙坌田里，引至浑水沟吧。

就在我犹豫之际，县支行和市分行已经形成一致意见，先上班再办理调动手续。至于地方组织部放不放人，均由市县银行协调。速度之快，着实让我吃惊与感动。

那个秋日的高阳，照在星期一清澈透明的早晨，我推开了银行那副厚重而神秘之门，并且在金融行业多个层级充满生机的岗位上，一干就干了三十三年。说是因缘际会么？回答是笃定的。

我常常仰望着城市飘过流云的天空，心想，人怀感恩活得才会温暖，不管是一望无际的平原，还是峰回路转的山地，都能在盘曲攀行的路上，行得稳当，走得执着。

去年五月下旬，在弥漫着花香的成都，我参加中国作协的创联会议。当年引我进农行的好友李峰林先生和夫人来看我。他们两口子先带我领略了繁华的都市风光，尔后在宽窄巷一处丁香树覆盖的幽静的小院喝茶。

虽然峰林先生经常来北京，我也常去四川，因忙于各自的事务也少见面。但我们相互都在关注对方的讯息，十几年间，从亲朋好友的口中，在如今信息通达的互联网上，都能知晓各自进行的足迹。

我们当然不谈这些公开的事体，我们只谈我们俩人无人晓得的过去。比如，少年时几乎不着衣服在响坎河套闸上跳水游泳，争着出风头；比如，每天拿着八毛钱的打工费，喝着稀溜溜的粥，就着萝卜干老咸菜，还兴高采烈地讨论着黑格尔渊博的思想，争论到底是哲学高于宗教，还是宗教高于哲学这一高深命题；比如，给厂子里少妇姑娘们挨个儿打分，排成一串，挨个儿从高到低排成序列；还有我们各自爱恋过程中的趣事，比如，好友第一次相亲，在他们家浓荫覆盖的葡萄架下，大热天邀请我去给他参谋参谋呢。

坐在满是丁香花味儿的树下，峰林先生的夫人边听故事，边笑着给我们续茶水。我们像两个抢着说话的顽皮孩童，相互开心地挖着对方的老根子。大概我们讨论得过于热闹，甚或感动了绽放的丁香花们，一片片，淡紫色、紫红色、蓝色的花瓣，轻轻地飘落，将这古老的宅院铺成一块绚丽斑斓的地毯。

峰林先生还是一脸孩子气。

“如果你当年不到农行，将会怎么样？”他看着我，笑问。

“没有想过。”我摇摇头。确实，我没考虑过再择业的事。

他笑着追问。“假如呢？”

“假如，有假如的话。”我笑道，“我愿意去做一位称职的小学老师。”

“为何？”

“我要把你的励志的故事，和我们有趣的少年时代，讲给孩子们！”

…………

二〇二〇年四月

儿时年趣

就像一只雄鸡带头引吭一声高歌，全村的公鸡立刻响应，远远近近的公鸡们振翅大合唱一样，大年初一，只要有一户人家噼里啪啦地响起开门鞭，随即左邻右舍、四村八乡的鞭炮声，骤然响起，接着此起彼伏，方圆数十里，好像不甘示弱似的，炒着爆米花儿，响彻夜空。从屋外黑沉沉，到东方鱼肚白，一直响到大天亮。

新年的气氛在鞭炮声中沸腾起来。

我一骨碌爬起来，伸手摸索压在枕头下边的大糕果子。母亲在我们几个孩子晚上守岁时，事先备好，几片大糕，一把果子，一根大葱，一两张毛票子的压岁钱，分别包上红纸，放在枕下。母亲还神秘地小声叮嘱，必须先吃了糕果，才能开口说话，第一句话要对上人说大安大发，要说大吉大利的话哟。我问母亲，如果忘了没吃糕果就说话了，那怎么办？母亲笑了笑，随手递过来一张草纸，示意我用草纸擦擦嘴，再说话。明白了，我点点头，好似做作业写错了字，拿橡皮擦儿涂了重做一般。

燃放开门鞭炮的权利，在一家之主，自然是我父亲。将一挂三五百头红纸裹着的鞭，绕扣在细竹竿上，划一根火柴，在屋内点燃，随着振聋发聩的噼噼啪啪声响，赶忙拔开门闩，挑着竹竿站在门外放完，再放炮仗。炮仗一扎十根，拇指粗，一拃长的那种红纸炮仗。咚啊啪地，父亲放了十根炮仗响了八个，回头故意逗母亲说，还有两个家伙是哑火。父亲不太讲究年俗，时不时地来个幽默。母亲一边拍打父亲身上的碎屑，一边笑道，你是个走天子，八响好呀，八八大发啊。转头吩咐我，快取草纸来给你爸擦嘴。

新年的第一天，家里满是喜气，尽是欢笑，其乐融融。

放完开门鞭炮，天色尚早，我们几个孩子复又钻进被窝儿，嘴里咀嚼黏牙香甜的大糕，脆嘣嘣的果子，说笑嬉闹。

年初一的早餐很是丰盛，也有许多讲究。正方形的深红色木桌上，摆了六个蓝色花边小碟子，白砂糖、红糖、芝麻粉、蒸糕、大糕、果子，汤圆盛在每个人花边碗里，或四只，或六只，或八只。桌子的东、南、西三个朝向有椅子，朝北向是空着。母亲说初一早餐朝北坐，这一年后背要生疙瘩了。一听就令人生畏，谁也不敢面北而坐。

早餐过后，大路上和我们家场院，就热闹了。大路上拜年的，走亲访友的，或两三人一群，或六七人一伙儿，见面相互作揖致敬，大声问候，口称"给你侬磕头拜年啦！"个个欢天喜地，人群熙攘喧闹。来我们家拜年，也是迎来一党，送走一群，多是外婆和母亲家里近门头的子侄孙男。大人就递上一支烟，孩子每人四颗果糖或发个红包。来看望父亲的，一般是在外工作的亲戚，也有远路来的好友同事，常常带着太太孩子一起来。他们是要茶水款待的。其实那时也没什么特别的甜点，只是每客一小碗热气腾腾的蒸糕，四碟素食点心，一杯加糖的浓茶。饱年饱年，大家谁都不饿，象征性的礼仪而已。边喝茶边说说话儿。有的是聊聊天喝了茶自行离去，大概还要到下一家拜年，有的要留下吃年席饭，特别是远道而来的客人，年前就邀约停当，定是要吃了年席酒才让走。“年酒年酒，要吃得歪歪扭扭”嘛。

年初一中午这顿年席酒，大抵要开两三桌。堂屋二桌男客，侧屋一桌女宾。也是集中了全年最好吃的菜肴，没到开席，屋里屋外就飘起诱人的肉香油香味。每桌八个热菜和八个凉菜，叫八碗八碟。吃完一道热菜，撤下空碗，再上第二道热菜。一桌八人，鸭蛋碟子摆哪儿，哪儿就是主宾席位。主菜中有油炸的肉团子，爽口的猪肉膘，白米饭衬起的瘦肉充鸡和一条红烧鲤鱼，老家的年俗里一般都有这四样热菜。其他热菜随配，如红烧猪肘子，白萝卜炖大乌子，肉馅蛋卷，蟹黄肉丝羹等，几乎全是荤菜。第一碗上肉团子，象征着团团圆圆，每人三只，数好了的。为什么只能吃三个肉团，而不是成双的两个或四个，我于今没弄明白。最后碗里剩下两只肉团，那是留给首席两位贵客的。这时候两位贵客同时起身，给大家敬酒，说上几句新年祝福之类的客套话，喝了酒，坐下再吃了肉团子。鲤鱼是最后一道菜，有年年有余之意，这倒便于理解的。总之，跟平常不同，年初一这顿饭丰富而隆重，极具仪式感。

佳肴飘香，美味传情，高声劝酒之语，叮当杯盏之声，大人笑，孩子叫，甚是喧嚷喜庆的场面，给我儿时的年，烙下深深的印记。

我会站在场院的小花园旁，耳听远近零星的爆竹声和队场戏台上唱戏的锣鼓声，举目远眺，那停留在天空中紫蓝色的云，村舍屋顶上还没溶化的白雪，河面薄冰上闪烁着一道道光亮，与川流不息的拜年人群，尾随着玩旱船、耍龙灯的孩子们的人影，一静一动，交相辉映，和和美美，尤为热闹喜庆。我在心里就想，如果每天都像过年这般好，该有多美啊。

父亲当然也喜欢过年。

记忆中的那个年，父亲过得甚是愉悦。亲朋好友相聚，父亲似乎有了倾谈的对象，借机渲染一次自己过去神勇的经历，所见奇事和所听奇闻，娓娓而谈，不时地惹得哄堂大笑。讲了一会儿，笑了一阵子，父亲要展示不轻易显露的手艺了。从里屋取出高搁多年的长杆板胡，拉开琴套，调整琴弦，略一沉思，悠扬琴声马上传透快乐的年。

父亲拉了一曲又一曲，《紫竹调》《小放牛》《杨柳青》《八段景》，宾客中的文艺分子跟着节奏，打着节拍，低声和唱起来。赵姨父最为活跃，这位太行山区的老八路军，曾是新中国成立后清江拖拉机制造厂第一任厂长，自己手之舞之，足之蹈之，唱着笑着，还将他的夫人正在帮着忙饭的张阿姨和我母亲拉了过来。两姐妹少女时就因歌唱得好而相识，继而成为密友。自然也想在大老爷们面前露上一手。两姐妹在一群男士的欢呼声中，连唱了几首，最后以《送郎参军》一曲谢幕。

歌道："妈妈放宽心，妈妈别担忧，光荣服兵役，离别三五秋。门前栽棵小桃树呀转眼过墙头，桃树结了桃儿回来把桃收，哎嗨嗨呦呀，桃树结了桃儿回来把桃收……"当年很是流行的歌曲。

儿时的年，儿时的往事，多么美妙。

每逢过年，父亲还有一件开心事，就是给左邻右舍写春联。比之拉板胡，父亲的毛笔字略逊一色。但父亲高兴啊，自家贴纸、贴墨，一写就是大半天，乐此不疲。

写春联一般是在大年三十的上午开笔。一干人等将两张餐桌从堂屋搬到场院，拼在一块长方形的写字台。大伙儿裁纸的裁纸，磨墨的磨墨，只见父亲一面看着春联帖子，一手悬笔，蘸墨、润笔，一手压在纸边上，因父亲个子高，需叉开两腿弯着腰，气定神闲，笔走龙蛇。写一副，围观的人叫一阵好，父亲兴致更浓，嘴上虽然说“写得不好，这副有点歪了”，或者说“这副结构不匀称”，但我晓得父亲说的谦辞，心里可乐着哩。我时常纳闷，父亲只上过四年私塾，新中国成立初期在苏北公安学校读书近两年，平日里父亲也不经常临帖练字呀，毛笔字却写得那么圆润筋道，钢笔字也是行云流水。我想大概是在那动乱年间，至少有四年埋头“默写练字”，成就了父亲。

父亲下笔很快，不一会儿，飘着墨香的大红对子，铺满大半个场院。有时还没等墨迹干了，就被邻居看好、卷起，跟父亲道声谢，走人。看着父亲轻轻点下头，以示回答，我就觉得此时的父亲特别有成就感。

父亲写的春联，有框对、横批、斗方、春条等。框对就是两边各贴条幅，门心檐口贴上横批。父亲写的斗方一般只写个福字，而春条有三指宽，一拃多长，所写词句各有用处，不可贴乱了，弄成笑话。比如，六畜兴旺贴在猪圈上，声声嘹亮贴在鸡舍门栏，五谷丰登用在粮食囤子，高朋满座贴在餐桌的沿边，四季康泰贴在床边，无恙怯邪贴在马桶上等。还有如开小店的，做小买卖的，春条就写门庭若市，生意兴隆之类，不一而足。所以贴春条也有讲究。

有一位年逾七十的叔伯外公，父亲写字时，他跟着前前后后忙活，也看了半天。看好了的，自己就折叠起来，有框对、斗方、春条，手里拿着厚厚一叠。临走时，父亲还嘱咐，您不认字，等你儿子回来再贴啊。老人喜滋滋地应承，随手顺带走一团糨糊。父亲还是不放心，派了两个后生前去察看。因为村里就有过贴错春条的笑话，将高朋满座贴到猪圈上，把六畜兴旺贴在餐桌的桌沿边，而将声声嘹亮贴在新媳妇的床腿上。年初一，这家请亲友吃年席酒，众客人看了，个个忍俊不禁。

儿时过年，我喜欢跟着外婆给殁世的长辈烧纸送钱，感受那种庄重而神秘的祭祀气氛。

通常是年前二十八或二十九两天。我是家里长孙，外婆带着我去烧纸或许是代表父母的一份哀思寄托吧。这副担子也不轻，要磕许多的头。先前烧纸是在大片的坟地里，在长辈们的阴宅门前，一一焚烧纸钱以作祭悼。后来农村平坟，将茔地推平了，种上了旱作物的庄稼，或改为水稻田，或砌上公共建筑，逼得各家在阴曹地府的长辈们四处流浪，以至于给长辈“打钱”的方式，转移到村里的四岔路口。在岔路口烧纸，大致是便利他们收取“钱财”。

纸钱以粗纤维的方块土纸为主，也有用金银色的纸箔，折成银圆或金条状。那时还没有现成的冥币，也不敢挎着篮子公开地烧纸，而是装在布袋里，选择太阳落山后的夜晚进行。白天可能是阳气太重吧。家里有几个故去的长辈，就在岔路口的地上画几个圈圈，摞着的纸钱写上他们的名字，分别在圈内燃烧。

这时外婆让我对着熊熊之火磕头。脑门儿、双手、双膝要着地，五体投地，以为恭敬。母亲这一边的长辈，父亲那一边的长辈，还有外婆自己娘家的，长辈人多，划的圈圈自然不少。每个圈子要磕上四个头，趴下去、爬起来，又伏下去、再抬起头来。如此往复几十次，磕得浑身沾着泥土草屑。火光映照外婆布满皱折的脸。外婆心无旁骛，虔诚地合十双手，念叨着我从未听说过的名字，不住地祷告，大意是：请保佑我们家大人伢子四季平安，不生病痛，不遇祸灾，也望你们过得安好。外婆在同逝者对话。可我怎么觉得，一堆堆即将燃尽的火苗，就像坐着一排陌生的老人家，等着外婆发红包呢。

我突然冒出个念头，在这四岔路上烧纸送钱，会不会有路过的来抢钱，再打起来啊。小伢子可别乱说。外婆一脸严肃，很肯定地摇了摇头：不会的，那边人不贪钱财，懂礼数，也守规矩。说完，外婆想了想，看着我笑了起来。其实地下的长辈早已化为尘土，化为庄稼、化为树木，化为一溪清流，再怎么给他们“打钱”，也是虚无。只不过活着的人自我心灵抚慰，缅怀与寄托哀思罢了。

又过年了，总想起儿时的年，就连一种筷头粗叫作高升的爆竹，我还记忆犹新。捆在一根细长的竹条上，可捏在手里，也可插在松软的泥地里，点着嗞嗞的引信后，只见高升带着尖啸之声，拖着长长的光影，划破黑黝黝的夜色，然后在空中爆响。仿佛盛开朵朵千姿百态的菊花，也给我儿时的年，留下无尽的乐趣。

二〇一六年春节

牧童的日子

一

那年夏天，肆虐的风暴席卷江苏北部黄海平原。这场风暴中，父亲被隔离审查，母亲进了“学习班”，对我们家来说，就像一块从天而坠的巨石，砸碎了祥和安宁的日子。善良刚强的外婆带着我们兄弟姐妹五人艰难度日。

起初一日三餐还有个着落。早上稆头面掺山芋干子粥，就着油炒萝卜干子，中午大麦糁子掺红糙米饭，韭菜炒鸡蛋，或者买条草鱼煮咸菜，或者粉条烧骨头汤，中午能有一顿干饭，还能给孩子的碗里挖上一块荤油，晚上要么大麦糁子粥，要么稆头面子粥，但摊上几块厚实的膨面饼，就着油焖青豆角或盐水泡瓜干什么的，总之，没觉得日子有多难过。

外婆每天很早就起来，把锅台上擦得干净，淘洗粮食舀水下锅，出门到草堆上扯出一抱干草，或陈年的稆头杆或大麦秸，放到锅门口，坐在小牙凳子上，左手往锅堂里添草，右手拉着风箱。我们在风箱“噼嗒、噼嗒”的韵律声中睁开睡梦的眼睛。烧好早饭，外婆一碗碗盛到桌上，摆齐一双双筷子，再催我们穿衣起床刷牙洗脸。每天上学之前，外婆总能给我们准备好上学的点心。外婆从笆斗里，抓上几把山芋干，吹尽粉尘，把带皮的和发霉的干条子放进笆斗，挑出不带皮的山芋干心，边往书包塞，边轻轻地嘱咐：“别现在就吃了，饿时吃，省着吃噢！”叮咛殷殷。外婆一直望着我上了大路，才转身回屋。

也就二十天来天吧，盛粮的笆斗见底了。断了收入来源，又不能去生产队干活预付口粮，粮食没了。可是孩子们每天要吃饭的呀。外婆强打起精神，今日东家借粮，明天西家赊油，到后来也没面子再向亲友张口。正是青黄不接之时，何况那个年头，每家都不富足，没多少余粮。外婆就将自己唯一祖传的宝石戒指，换成了胀锅见吃的粮食，还把原来一天的粮食用度，匀成三天九顿，每顿锅里多加几瓢水。所谓粮食，不是大米白面这类细粮，而是稆头、大麦、黄豆等原粮，回来用家里的石磨，先研磨碾碎，再用箩筛子筛上几遍，成了稆头面、大麦糁子、黄豆粉之类的杂粮。同山芋干、青菜、萝卜，一起混煮，熬成稀粥。那也说不上叫稀粥，盛在碗里与汤水无异，照得见灶台上的灶王爷。喝下肚子虽然觉得饱了，要不了几泡尿，腹中空空如也。如果哪天有了一堆新鲜的山芋，外婆会笑得格外灿烂，皮也不用刮，虫窝也不扣，踉踉跄跄地提到门前水塘里，站在砖块铺成的台子上，用木拐子捣捣，洗去泥污，然后放在砧板上剁成一堆山芋丁，添加几勺子黄豆粉，就能做成一大锅山芋渣子，八张尺寸的铸铁锅，一家人从早上吃到晚上，能一连吃上好几日，当天吃不完剩下的第二天接着喝，过夜的山芋丁有时变质成了翠绿色，一股涮锅水的酸腐味。喝得五岁的小妹，一提到山芋渣子就哭着要吐。

一向性情开朗见人就笑的外婆，时常站在朝南的窗子，呆呆地望着发黄的天空。天上没有云，也无飞鸟，空茫茫的。望了一会儿，外婆就会别过脸去，生怕我们瞧见，偷偷地垂泪。老人在想她的女儿女婿了，还是为我们这一串正在长身体的孩子能喝上一碗厚粥发愁。

忠厚的表舅知道我们家里的困境，问我愿不愿意暑假期间放牛，每天一斤大米。一个孩子一天能挣一斤大米，比大人每天挣的工分多。当时整劳力，就是成年男子一天的劳动时间，最多也就十个工分。每年年底生产队成本核算后，按工分兑现金，一天八分到一毛钱不等。若能兑现拿到钱，算是比较富裕的村子。一斤大米时值一毛八分钱左右，而且十五天称一次大米，一月三十斤。反正放暑假了，就是不放暑假，也没什么正经的书念。况且，这份好差事不是每个孩子都能得到，是表舅从缺草的地方揽过来，拐着弯儿对我们家补助。那时候正是刮风的风头上，谁敢大明大白地给济我们家呢。许多仗义的至亲好友，往往也是趁着月黑之夜，闲人不经意之时，送些吃的用的。有的亲友甚至连门都不敢进，东西放在门口掉头就走。

听说我要放牛挣大米，外婆非但不高兴，而且一百个不乐意。此前，曾有亲戚介绍我去泰州一家剧团当少年武生。我六七岁习武，有点儿基础。尽管宿食全包，每月还有十二块钱的补贴，但外婆担心我太小，身子骨头软，一直娇生惯养的孩子，哪能吃得了这般苦，硬是打了拦头板，不让去。外婆三十二岁守寡，守着我母亲，守着我们一家人。即便父母没有遭此劫难，也是常年工作奔波在外，兄妹几人都是外婆抱大的。现在父母又是这样，我们的平安是她老人家的全部希望。外婆叫我的乳名，对表舅说，华子才十岁呀，放牛起五更睡半夜的，要是吃些苦也就罢了，若要有个三长两短的，怎么向他爸妈交代呀。说着说着，就用卷着的袖子擦泪。

可是，无粮之苦，断炊之难，外婆也没有更好的法子。母亲先是犹豫，后来同意了，在“学习班”上带信回来说，能放牛就放吧，放牛能挣点粮食，男孩子吃些苦不是件坏事。

二

黄昏时分，天边燃起橘红色的云彩。

我的面前是一头身材高大的青黑色牯牛，两只巨大犄角往后弯盘，奔跑起来像一台隆隆奔驰的坦克，威猛无比。第一次见面，在生产队闲置的打粮场上，仇人似的，左右摇晃着沉重的身躯，不时地刨着芭蕉扇般的蹄子，两眼充满血丝，靠近不得。我虽没有牧放过牛，如此健壮的牛也不多见，但我似乎有一股天生的顽皮劲儿，有一套骑牛的手段，就连没穿鼻子也无缰绳的小牛犊都敢骑。我沉着地牵着缰绳，把它引到斜坡处，顺势飞身而上，稳稳落在牛背上。这家伙急切地昂首鸣嘶，跑出队场，沿着一条高低不平的渠堤，向西狂奔起来。围观的人群发出一阵惊呼声。我跨在皮肤粗硬而光滑的牛背上，拽紧几股麻丝搓成的缰绳，随着有节奏地前后起伏，倒像是坐在儿童乐园中旋转的木马上，耳边的风声呜呜作响，堤旁的庄稼纷纷向后倒去，蛮有运动的乐趣。牛老兄一直跑得口喷白沫、大汗淋漓，没了劲儿了，才慢慢地停了下来。我同这头青黑色的牯牛，自然也成了朋友。

南北方在牧牛的方式上还是有区别的。北方尤其是草源丰沛地区，黄牛居多，也以群牧为主，而南方大多是水牛，食量大、力气足、耐性强，大都是单个放牧，一对一地饲养，牛吃不饱时，还要割草饲喂。夏季放牛，一日两次。牛吃露水草，五更就是凌晨四点前后，放牛的最佳时间。下午也是四点左右，牛吃饱时，要到晚上八九点钟。起五更睡半夜是牧童的作息时间。

自古以来有无数诗歌描写牧童浪漫的生活。如宋人王志道“羃羃黄云麦垅秋，牧童横笛倒骑牛”，黄庭坚“骑牛远远过前村，吹笛风斜隔岸闻”，清人袁枚“牧童骑黄牛，歌声震林樾。”诗人的笔下，麦子飘香时，大地黄成一片，轻风阵阵吹来，牧童骑在牛背上，嘹亮的歌声在林中回荡，开心地吹着笛子，美妙的笛声传到远方。他们将牧童的生活，写得那么畅快，那么尽兴，又是多么有趣啊。其实，饱汉不知饿汉饥，哪知放牛娃的辛酸与无奈。

有一首民谣却是这样唱的：“小放牛，不是人，回家刮刮冷粥盆，人家雨天把门进，你拿斗篷要出门。小放牛，不是人，一天到晚掉了魂，半夜三更坟头睡，太阳晒成黑煞神。”这才是牧童的现实写照。

每天凌晨三四点钟，当我睡得正酣时，放牛的伙伴们就来敲门：“起床了，放牛去哟！”即便再困再想睡也得起床。不管外边刮多大的风，下多大的雨，我得去吆喝起洼里的牛，牵到清水塘里，洗净牛身上的污泥浊水，骑上老牛进草场。每天，披着伸手不见五指的黑夜，或顶着骄阳似火的烈日，头上戴着芦苇编织的斗笠，手拎麻袋片缝就的褡裢，雨天外披茅草编织的蓑衣。光着双脚，赤裸着上身，穿一条皱巴巴的小短裤，肩搭牧鞭。就是我当年放牛时一副黑不溜秋的尊像。

草场是在离家八九里路的过天舟。一般牛抄近路，要涉两条河，也有五六里路。过天舟也不是专门放牧的草场，而是海防部队军事操演之地。南北长五里，东西宽约三里多，几条深渠浅沟，将之分割成几块长方形地段。大片盐碱地里长满一人多高的蒿草，依稀裸露出白色晶亮的盐硝。夏日盐蒿呈深青色，到了秋天，成熟的盐蒿随风摇曳，简直成了摆荡着的深红色的世界。在没冒盐硝的地方，生出稀稀落落的青草，牛最喜欢吃了。部队不打靶，不搞实弹火炮射击时，这块草场对周边的农村开放，牧牛的、割草的、挖野菜的、抹盐蒿的，星星点点的人群，散布在草场，倒是一番劳作的景象。

那个辰光，过天舟这块盐碱地上，几乎成了周边农村人的生活依靠。不仅放牛的孩子多，还有挑筐提篮的妇女，布夹其间。草场周边有几个生产大队的上百头水牛，往往赶来一块儿牧放。牧童大多是十二三岁的男孩子，也有大一些的孩子和成人牧牛。妇女们采摘成熟的盐蒿叶子，回家煮熟晒干后，制作成下饭的盐蒿菜。清香但极其苦涩，有的人家作为充饥的主食，经常吃得浑身出现浮肿症状。可是困苦之中的人呀，别无选择。

沿着一条叫作二支渠的清水河，一直向东，便是浩瀚的黄海，早晚都能听到潮汐涨落的声音。那年夏天，台风乃频，狂风夹着暴雨雷电，一刮就得两三天。台风的日子，放牛娃最苦也最危险。每年都有牛受惊悚奔逃，牧童摔成重伤，或者雷毙、淹溺的消息。

我印象最深的是一次起于凌晨的台风，牛儿刚刚进入草场。漆黑漆黑的夜幕下，偌大无边的草滩上，突然暴雨倾盆，狂风大作，雷电交加，整整一个风雨雷电的世界。吓得我心惊肉跳，骑在牛背上全身紧缩在蓑衣内，一双细臂夹紧脑袋，小手捂住耳朵。随后看到一道撕破天穹、照彻大地的闪光，紧接着震耳欲聋的滚滚雷鸣。牛是大口牲畜，仿佛感知我的惊吓，草也不吃了，抬起头“哞哞”地叫了两声，摇了摇耳朵，稳静地站在暴雨中，与我共同承受一阵惊雷。南方海边的雷与北方山区的雷，那种响声迥然不同。北方也经常打雷，有时特别响，只不过像过年燃放二踢脚似的，嗵啪啪几响，轻描淡写。南方海边的雷，沉闷轰鸣，犹如擂鼓般一样惊天动地，叫作滚雷，俗称“连枷雷”。像打麦子的连枷，接连不断，由远而近，突然炸开，发出穿云裂石的“咔嚓嚓、轰隆隆”的巨响。有时伴随着一道划破夜空的闪电，长时间地在你的头顶上，盘旋、滚动、碾压，令人产生窒息绝望般的恐惧。

三

放牛的事没有告诉父亲。父亲已经自顾不暇，何必陡添他的烦恼。外婆和母亲都不让说。母亲离得近，管得稍松些，三天两头能看一次。父亲一个月才能见上一回面。每次去看父亲，都是外婆请人用自行车驮着我，上午去下午回，不误牧牛。外婆是个爱体面之人。头天晚上，外婆就要帮我收拾利索，洗去身上黑油油的污垢，剪去指甲，备好洗晒干净的短袖衬衣，布鞋被脚趾头顶通了，结上网线，一条蓝色粗布的短裤头，屁股后边补了两块补丁，补丁又破了，没法再缝补，就找出医用胶布从里边贴上，外边漏白之处用墨水笔图了图。总之是条还能遮体的干净短裤。临近公社所在地时，才穿上包袱里的衬衣，坐在水边的青草坡上，洗洗脚，套上布鞋。

父亲被隔离审查已经半年多，还是住在他原来的套间办公室，只不过现在外边多住一个人，父亲住在里间。一张单人行军床，叠得齐整的床单，一个脸盆毛巾架子，一条木质的长板凳。办公桌上一只陶瓷茶杯，一叠红头笺纸上，写满密密麻麻的小字。父亲见了我并没有显露出惊喜的表情。我看到父亲只是眼睛一亮，随即又暗了下来。然后一把将我搂进怀中，搂得那么紧，我听见父亲“扑通扑通”的心跳，感到父亲有力的臂膀和颤抖的身体。

一九四二年，十九岁的父亲投身于革命，在苏北敌后抗日根据地从事区乡行政领导和之后苏北解放区的公安工作。一九五一年，组织安排就读于苏北行政公署（扬州）公安学校审讯专业。当时为培训新四军转役干部，开办了苏北干校，设有公安政法、财政税务、金融贸易、交通农林等学系。一九五二年七月，父亲以优异的成绩完成了学业。父亲本可留校或上海南京工作，但父亲仍然选择了公安审讯与治安岗位，分配到滨海县，原华东局阜东县。后来响应动员，父亲带头到农村工作与安家。由于外婆跟我们在一起，老家有几间空置的房子，也是为了减少新建房屋等麻烦，父亲和在百货公司工作的母亲，拖家带口，领着我们，落户于振东公社大兴大队第一生产小队。

四十出头的父亲，原先满头黑发已然花白，步履滞重，衰老的神态与消瘦的脸庞，就像一根入冬后还在水面上孤寂站立的芦柴，苍凉且凄寒。根本找不到当年半身像展放扬州照相馆那英俊的模样。但是一米八的身板，依然挺直。

来看望父亲，只带来十几个煮熟的鸡蛋，父亲看我盯着鸡蛋那副馋馋的眼神，就剥了一个，将蛋壳放到桌肚的废纸篓里，递给我说，吃吧乖乖。那时就是饿呀，几乎一口吞了下去，但也没让父亲剥了第二个。父亲给自己的茶杯添满水，端给我，怜爱地伸出那静脉处带有明显伤痕的大手，摸了摸我的头。房门敞开，外间有人一直听着。父亲几乎没有说话，将我两只小手握在他的大手中。因台风刚过，父亲只是问了树木花卉和家里房子怎样了。父亲喜爱树木花草，门前有一个四季见花的小花园，屋后栽植了几十株耐旱防风的杨槐树，相夹几棵塔松，还在几分地上栽种了白果树、苹果树，远远望去，我们家在一片绿荫茂盛的树林之中。说来也怪，那年夏天台风刮了几次，有的人家草房子被台风掀了，土墙也让雨水泡塌，树木不是折断枝干，就是东倒西歪，而我家几间砖墙草顶的房子安然无妨，就连果树和高大的杨槐树上，落叶都不多。倒是灰色长尾的山喜鹊，不知从哪儿冒出来的，苹果长了拇指大，就被叼啄尽光，满地残片细屑。小花园里的月季花长得尤为壮实，红色的、粉色的，每枝花朵儿胖嘟嘟的，满园甚是娇艳。这也给父亲些许宽慰吧。

父亲只能送我们到门口。父亲又搂抱着我，胡子拉碴的脸，使劲儿地贴着我的面颊，很长时间才松开。当我们走过幽暗的长廊通道，在一道砖墙的转弯处，父亲仍然站在烈日下眺望。那时，根本体察不到父亲内心的悲戚，和对家庭对子女的深爱，更不知晓曾有两次自杀未遂的实情。

童年的我，没有真切体察到父亲所遭受的种种苦难。多年之后，我在父亲厚厚发黄的离休干部档案中，瞧出了端倪。

父亲之所以没讲出实情，我想是巴望他的孩子有个快乐的童年。

四

的确，牧童也有快乐的时候。

天气晴好时，几个十几个甚至几十个孩子聚拢一块儿，打闹追逐，顽皮嬉戏，好一场放牛娃娃的盛会。有时大笑着说些放肆的脏话，大声唱着放荡的歌；有时做些文雅的游戏，比如玩起“城门城门几丈高”的把戏，由两个牧童搭起膀子作城门状，小伙伴们围绕大圈，手接手从“城门”穿过，嘴里念着快乐的歌谣；有时比着胆量，抓几条伸着舌头扭着身子的水蛇，缠绕在小膀子上玩耍；遇到黑天晚上，一起追赶忽明忽暗游动着的鬼火，看谁撵得多；有时比谁速度快，追着野鸡野兔田鼠奔跑，碰巧逮住一两只老兔子，算是小生灵倒霉；有时比肺活量，下河扎猛子，憋着一口气潜水；有时比技巧，站在奔跑的牛背上看谁时间长，或用几片芦柴叶子裹成喇叭状的“响机”，吹出各式各样的调调来；有时让十几头牛轮番触角打架，输了的牧童要抓青蛙喂胜者的牛；有时比力气，或两伙儿人群殴，或单个儿轮番对打，败者要下可摸鱼抓螃蟹踩老鳖，架起柴火，在变了形的铝盆里煮着吃；有时群体出动，去掰集体地里刚刚长出浅红胡须的嫩稖头，点火烤熟，大伙儿分享。就这么快快乐乐、争争吵吵、打打闹闹，度过了苦苦欢欢的每一天。

饥饿的时候除了掰稖头，偶尔也去偷生产队里的瓜，小牛友们将这等脏活儿，也作为一件取乐之事。

当时每个生产队都有一两块瓜地，大多种植一些产量高的烧瓜。烧瓜，既能填饱肚子，当新鲜蔬菜吃，也可破开瓜腹刮出瓜瓤，腌制成瓜干。虽然不是什么名贵的瓜种，但对饥肠辘辘的牧童来说，却是鲜美的食物。

通常是在牧牛归来太阳还未露脸儿的早晨，不能在自己生产队下手，而选择邻近生产队的瓜地。一条水流湍急的河，夏季雨水多，大约百十米宽，正常过河要坐渡船，偷人家东西怎敢大摇大摆地乘船过河。把牛拴在堤岸隐蔽的林子里，每人把小裤衩扎在头上，有的举在手里踩水，牛娃娃的水性个个了得。十几条泥鳅似的牧童，一会儿就游上了对岸。翻过河堤，看看四下无人，就像在自家地里一般，边摘边吃边闹腾，以为省下了一顿早饭。

谁想到，不远处的芦柴塘里，突然冒出个看青的人来。那人大吼一声，吓得牛友们撒腿就跑，立马作鸟兽散。年龄大的、跑得快的，纷纷钻进芦柴塘，有的越过河堤朝水里跳。我本来跑在前边的，但跑了几步就不跑了，心想自己做错了事自己担着，任打任罚吧。看青的身手矫健，只见晃了几晃，一眨眼工夫就到我身边。他手里拖根细木棍子，半身都被露水打湿。原先恶狠狠地，嘴里不住地喊道：“给我站住，别跑！”见我本可以逃掉，突然不跑了，好像等他来抓似的，觉得有点儿奇怪。他不认识我，走到跟前打量着，言语也柔和些，轻声问我是哪家的小子。

我倒认识他，我的一位远房三舅，只因穿戴干净利索，特别是改不了满嘴普通话，几乎整个村子都叫他洋人。农村人愿意用方言土语交流。在我们家下放落户之前，他就参军去了，退伍回来不久，生产队分配他看青，还当看青的头儿，官衔是巡逻小分队队长，领着一帮人昼伏夜行，没少跟放牛娃照面。

嗫嚅了一会儿，我才报上母亲的名字。他一听，愣了片刻，然后仰起头连拍自己的脑门儿，笑道：“哦哦，我姐家的，姐家的小子呀。”语气中满是歉意，好像逮错了人似的。连忙安慰我说，孩子你别怕，你别怕啊，等舅舅一下儿。说着，扔掉木棍，回到了瓜地，弯下腰，快速摘了七八根又粗又长的烧瓜，顺手折断一根粗柴，放在脚下踩扁，熟练地绕成柴要子，将烧瓜扎成一捆，自己提着，一直送我到渡口。

外婆正在洗涮早饭锅碗，见我怀里抱着一捆鲜嫩的烧瓜，开始还微微笑着，当问明来路，听我简短地叙说后，顿时气不打一处来，沉下脸，将手中的洗碗布猛地摔在白石灰抹平的锅台上，看着我怒气冲冲地说：“你呀，怎么就这么不让人省心啊，再没吃的也不能做下作的事，人再穷也要有做人的骨气，自己有手有脚，尽想着不劳而得，心里亏不亏呀。”外婆指了指地上的烧瓜，不安地说：“你不想想，你这么做，不是给你爸妈加罪吗？”外婆气得脸色发青，我从未见过外婆气成那样子，非得要我送回去不可。

外婆小脚，一辈子食素，慈善待人，温和处事，虽然不识字但特别明事理，左邻右舍无不敬重。对我们几个孩子管教甚严，走路要有走相，坐凳要有坐相，吃饭要有吃相，睡觉要有睡相，就连说话声音高低都有规矩。外婆早年在上海纱厂当纺纱工，同外公结婚前才回乡。外公聪明忠厚，有一手出色的木工活儿，也略懂医道。为躲避伪军抓壮丁，在冬日齐腰深的水中藏了一夜，染上了风寒症，不治身亡。那年母亲虚九岁。兵荒马乱之年，孤女寡母相依为命，一个小脚女人经常背着孩子逃难跑反，即便有好心人劝说却始终不改嫁。那时，苏北黄海区域是国共日伪拉锯争夺之地，外婆相信穷人的队伍靠得住。于是参与和组织给新四军做军鞋、送军粮、抬担架、掩护并护理伤病员，帮助穷人的队伍打天下成了外婆的头等大事。家里最多时住了八位伤病员，有的还是高级别的干部。之后外婆加入了党的组织。虽然是个极其普通的农村妇女，但极其守信做人的原则，是非分明，眼里容不下一丝一毫的灰尘。

你说，我犯下了这等的烂事，这样的老太太能饶过我吗。

外婆数落一阵子。纵然我表示往后绝不再犯了，外婆还是不依，一定要我向人家赔礼道歉，送还东西。外婆见我磨磨蹭蹭地，一副无脸见人的样子，反而更加生气。“做人做事，要敢作敢当”，外婆说，“你不去吧，好，你不去，我去！”外婆随手拎起一捆烧瓜，正欲出门，看青队长来了。

三舅显然是收拾过的，穿着整齐，白衬衣黄长裤胶底布鞋，肩挎军用帆布包，堵在了门口。三舅还未开口，自己张嘴就笑。他称我外婆叫四妈，一口普通话，笑道：“四妈您快进屋里说话，孩子顽皮嘛，又不是他一个人，别再批评孩子，都是闹着玩儿的。”三舅很会说话，“就是外甥有啥不对的，我这当舅舅的也要担责吧”。我父亲隔离审查他听说了，但我母亲进了“学习班”，他才刚刚知道，明白外婆领着几个孩子实在不容易。三舅说，“不就几条烧瓜嘛，我同队里说了，是自家吃的，已经记我的账上了”。三舅参军时快要超龄，是我母亲替他推荐报的名，他一直牵记没忘。见我外婆还是执意地摇头，三舅假装生气道：“您把侄儿真当外人了不是，我承我姐家多少情啊，您要是……那我每天背一篮子瓜来。”

一番话，说得外婆也笑了。临走时，三舅留下十尺布票和二十斤粮票，以解我们家之急。

五

过了八月中旬，我们家日子稍有改善。

自留地里瓜类豆类等长势不错。短粗的冬瓜、弯把儿的拉瓜、泛红的扁瓜、挂在快要饱浆秸头杆上的豇豆角子，河塘边上蓬勃生长的野生植物，如蒿瓜、菱角、莲藕、荸荠、慈姑等，都可以当食物，至少有得吃，不饿肚子。

我也学会了叉鱼、钓螃蟹的技能，捕捉到的河鲜和品相好些的瓜豆，外婆会捆扎停当，用芦柴篾片编成的篮子，背到十里地的小市场，换些现钱，买点油盐米面和生活用品。

叉鱼是一门比较原始的技艺，快速而直接，渔具也简单，将一根粗硬的铁丝切成一节节，一头磨尖，再用麻线绑牢，捆在一根细长的木棍或竹竿上，制作成五指扁叉或七指灯笼鱼叉。街上铁匠铺子有卖的，但得花钱。为了省钱，都是自己制作鱼叉。一般早上不宜叉鱼，浮在水面上活蹦乱跳的大多寸半小鱼，中午时分，尺长大鱼才出来晒太阳。有鲤鱼、青鱼、黑鱼、鲫鱼，或在水上游移，或隐藏于芦柴丛中。但当选中猎物后，即屏声敛息，潜伏伺机，一点点接近目标，扬起鱼叉，瞬间投掷。初习者大概十叉九空，一旦熟练掌握这门投掷技巧，十回也能有三五次所得。技艺高超的渔人乃至三五米远，挥手即中，令人叹服。而我只是熟练的水平，每次出门也能有三两条收获。

比起叉鱼，钓螃蟹要动脑子，不仅要熟练还要会思考。纵横沟渠的草坡旁边，密布着无数的螃蟹窟，有的临近水边，有的深藏在水下，你要判断是蛇洞、鼠洞、长鱼洞，鳗鱼洞，还是螃蟹窟。即便是螃蟹窟，多数是空洞，就看有没有螃蟹出入的新鲜爪痕。钓具倒是特别简单，我都是找一根线粗的细铁丝，通常一庹多长，一头儿串上两条香曲蟮，细线扎紧。香曲蟮呈紫红色，体带磷光，鱼类蟹类的美味佳肴。当我将细长的钓饵，慢慢地顺入洞窟，饥饿的和年轻的螃蟹，就会如获至宝，只需几秒钟，就能引逗至洞外，唾手可得。遇到吃饱的和成年的老螃蟹，需要磨蹭十几分钟乃至半个钟头，斗智斗勇，就看钓技和耐心。虽然说不上策无遗算、百无一失，但我半天钓个七八只或十几只螃蟹不在话下，成了拿手绝活儿，在牧童群里备受推崇。代价是一双小小的手，烂得像一块破抹布似的，旧疤新伤，稍一触碰，钻心的疼痛。

那时野生的螃蟹特别多，月光下的夜晚，水塘旁边沟渠之上，连大路中间也有螃蟹肆无忌惮地横行。只需吃苦定能有斩获。外婆不会叉鱼也不会钓螃蟹，但外婆会守螃蟹。在流淌的小沟中间，打起浅浅的堰坝，一侧开个淌水的口子。废弃的小瓶子做成煤油灯，搁在对面，用鲜嫩的荷叶遮住灯光，外婆就坐在柴箆垫子上守候。运气好时，一晚能守个十来只螃蟹的。在我牧牛未归时，已经懂事的二弟，总会陪伴外婆。

猎获的鱼蟹不是随便吃了的。大鱼晒制成鱼干，留着换钱，小鱼才可煮食熬汤。螃蟹更是金贵，要吃也是换不了钱的死螃蟹，还有缺胳膊少腿的残蟹。外婆常常煮熟后，掏出螃蟹的肉黄，四张尺寸的铁锅，要放满水的，添加些许碎粉条儿，敲一粒鸡蛋，山芋粉勾芡，做出一锅味道鲜美的蟹黄羹汤，让我们几个小馋虫，解一次馋瘾。

向东南走上十里路，有个叫头庄的地方，便是海防团的团部所在地。内设一个规模不小的军人服务社，一条龙十几间房子，货架上有食品点心、酒水饮料、书刊文具，以及肉类和各种日常生活用品。紧挨着服务社是十几排平房的军官家属院，家属夫人们爱吃鲜活水货，时令蔬菜，出手也大方。有买就有卖。院子围墙外面的石子马路两旁，自然形成一个交易小市场，有河鲜海货、猪肉鸡鸭和瓜豆水果之类的买卖。

平常都是外婆带着二弟去卖。苦日子也让孩子懂事早。二弟小我一岁多，却比我高出一头，像十一二岁的小大人儿，浑身有劲儿。拉瓜、扁瓜、豇豆、韭菜、蒿瓜、菱角、鱼干、螃蟹等，分装在两只硬棒的柴篮子，二弟总是抢着沉的篮子背。卖东西一般每周去一次，再买些物品。一块猪板油，能撸出两小碗清香扑鼻的荤油，家里又有油星味儿了。就连黑干燎脆的猪油渣子，我们也当作上等的点心吃。

让我特别难忘的是，在购买的物品中，最惬意的莫过于上海奶糖和草纸了。奶糖舍不得扔到嘴里一下子嚼吃完。一块儿糖要分几次吃，每次抿上那么一小口儿。那个甜腻那个奶香哦，啧啧啧，天底下竟然还有如此好吃的东西。糖纸也叠得齐齐整整的，带着炫耀的心理，拿去分给其他牧牛的小伙伴。再就是买回草纸，如厕不再用柴篾棒棒。那个年头，草纸在农村还是奢侈品。妇人女孩子在家里用马桶，男人男伢子上户外的茅房，哪儿舍得用草纸啊。茅房是用芦柴搭建的，名副其实的就地取柴。像北方农村随手使用石头片一样。从茅房上抽出一根芦柴，将芦柴管子用手捏扁，分成篾片。其锋犹如刀刃。起初不熟练，经常刮得血淋淋的。讲究的农村人家不用芦柴，而是将晒干的芦粟梢子，切成一小段，每段也是劈成两片，既安全又干净。当然了，再怎么好使，也顶不上质地柔韧的草纸。

我家的屋檐下摆了一只底细口粗的锥形水缸，专门用来盛螃蟹的。揭开用碱柴编成的缸盖子，积攒了小半缸的螃蟹，个个青光发亮。小的三五两，大的七八两，一见到光亮，马上睁开黑米粒似的眼睛，竖起毛茸茸的大钳子，学名蟹螯，仰天吐沫，左右甩动，一副同你拼命的样子。不过在我眼里，却是一枚枚张牙舞爪的铜钿铅角子哩。

我头一次卖螃蟹，是在一个炎热的午后。

套上白色两根筋的小背心，穿上海蓝色新短裤，我觉得自己特别帅气。短裤布料是用进口化肥袋染制而成，尼龙布的，在当年的农村，可时尚前卫了。背起沉甸甸“嗞嗞”作响的蟹篮子，我问外婆：“卖了钱，您想买些啥？”外婆眉开眼笑，说：“你想买什呢，就买什呢子。”我知道，外婆揣在腰上的手巾方里，包裹着我们家十几块钱的积蓄。外婆说话都有底气。

火辣辣的太阳，正当头顶。我感到脑门儿上不是出的汗，而是流的油，用手一抹，手心里一层亮晶晶的油花子。

路上我就怕撞见熟人，犹怕碰到自己的同学，多没面子呀。那时候卖东西还不是一件很光彩之事，以为很丢人。一边走着，不时地前张张，后望望。心里想好了，一遇不测，就说是走亲戚的。幸好太阳正烈，大人伢子不是树下摇着蒲扇乘凉，就是屋檐下的板凳上睡午觉呢。

出了村子，上得通往头庄的支渠河堤。天空没有一块云朵，强烈的阳光直射下，晒得河坡下青草儿也困倦了，偶有小风吹过，平静的水面上荡起一圈圈细长的涟漪。

大概没到河鲜上岸时辰，天气又热，部队军人服务社路边的小市场阒无一人，空荡荡的，不见人影。围墙外边的大路两旁，唯有不知疲倦的知了，在茂密的杨槐树枝叶间，齐声鸣唱。一条几米宽的排水沟，对面沟边立着一排钢管晒衣杆，铁丝绳上并无衣物。过了小桥，我将四串用草绳扣连着的螃蟹，肚脐朝上，挂在铁丝绳的一端。自己退到服务社东山头阴凉地，取出一本没有封面封底，只剩下百十来页的破损老书，边看书，边待人而沽。

不一会儿，两位妇人各提一只布袋，说说笑笑从服务社出来。后边跟着一位与我年龄相仿的小姑娘，喜滋滋地，嘴里嚼着什么。她们上了小桥，又折了过来。年长的妇人手里还拿着芭蕉扇，遮挡日光，老远就喊："喂，小朋友，咋这样卖螃蟹呵，不都晒熟了啊。"年轻的妇人说接着说："才好呢，省得下锅煮。"她望着我笑道："看这娃儿呀，也不会卖东西，螃蟹挂在这儿不晾干了吗。"见到有人来了，我赶忙把书插到后腰。年长妇人问我按斤卖，还是论个数。一边说一边拿着芭蕉扇子，指指点点，挨串儿看。

当时一斤螃蟹卖到一毛二三，但没我的螃蟹个儿大，这我知道。来时，外婆也没有详细交代，只说大的要价别超过鸡蛋钱。鸡蛋一毛钱一个。大热天的，外婆担心我中暑了，只要卖了就行。

头一回卖东西，我不敢拿正眼瞧着人家，也不晓得如何要价，就跟在年长妇人后边，半天才说："你看着给吧。"螃蟹也挺争气的，晒了这么久还挺有精神。"这样吧小朋友，你也别晒着了，给你做主啦。"年长妇人数了数，大小四十六只，九分钱一只，全买了，问我行不。一下子要卖四块多钱，顶上生产队多少天劳动哈。这当然行啊。我连连点头。年轻的妇人付费时，瞧瞧我满是伤疤的手，又看看我黑瘦的脸，我至今仍记得清楚，她那明亮的眼睛里，泛起一层怜悯。她没再迟疑，多给了三个铅角子。一个五分，两个一分。

我经常想起当年那位善良的年轻妇人给我七分钱的恩舍，那份布施，那种赏赐，我的心，总会在战抖，甚或流泪、流血。

半个世纪过去了，那个炎热的黄昏，那堵青灰色的砖墙，那排在风中摇动的树叶，以及树上一声声的嘶哑的知了，似乎历历在目，犹耳真切。也仿佛看见当年瘦小的我，伫立在滚烫的沙石路面上，越过夏日原野上腾起的热焰，眺望自己想象中的那片绿洲。

六

牧童的日子，是灰色的，穷困的，苦涩的，也是快乐的，温暖的。在我小小的年纪，就体察了人情的冷暖。

一九七一年，春天来得比往年早一些。

寒冷的浓雾在春天的树梢上，稍稍褪去，天上几丝耀眼的光线，透过云层，顽强地落在花园里随风摇曳的月季花上。

四月，父亲被批准调回老家。我们一家人随着父亲陆续地回到响水。那是我人生之旅的又一次开始。离开了早晚都能听到海潮声的村庄，离别了那些在劫难中襄助过我们的善良厚道的人们，心中多有不舍。

遥远的记忆，像一把竹箩筛子，漏下去的是渐渐地淡忘了的，浮在箩筛上面的却越来越清晰。我总想起牧牛的草场，壮阔的天空，轻飘的白云，遍地长满紫红色盐蒿草的土地，追念牧童小友们经常做的那个游戏，和那首不知过了多少年仍在传唱的童谣。

窗外的海棠花又开了。满树繁花，淡雅之清香，时不时地漫过窗纱，飘进光线柔和的阳台。我会放下书，掉转头来，瞧着两个两岁大的孙女和外孙，在客厅地板上嬉闹。我已经教会了他们“城门城门几丈高”的游戏。小兄妹手握手，细嫩的胳膊搭起一座城门。他们乐不可支，扬起太阳般的小脸儿，灿烂地笑着跳着，稚腔稚调，用我的苏北母语唱道：

城门城门几丈高
三丈六尺高
骑大马
带把刀
走进城门抄一抄

城门城门几丈高
三丈六尺高
放牛娃
快长大
长到城门一样高

…………

二〇二〇年四月

第一辑

远去的风铃声

我已经行进在看望您的路上。

一条时宽时窄、时弯时直的江堤，静静地，在飘着花香的杨槐树的注目下，沿着河道的走向慢慢地向前延伸。左边是一条终年翻卷着白色浪花的灌江，青嫩的芦苇在绿色的春天里，已经长成了翠绿的江堤卫士，齐刷刷、水灵灵，在岸边、在奔流的江水中随风摇曳；大群鸥鸟迎风逐浪，鸣叫飞翔，不时打量着一个步伐匆匆的路人。右边是早年寸草不生的盐碱地，现在是米粮仓的灌江平原。透过婆娑葳蕤的枝叶，一道碧绿青草的缓坡，那绿色的缓坡仿佛是一面宽阔无垠的绿色绸缎，一望无际，挨着天地接壤的地方，连同那浓浓的杨槐花香，铺向蓝色的远方。

绿色长堤一侧，是一排仿古的新农村建筑，住着几户白墙青瓦的人家，袅袅炊烟，听闻犬吠，伴有鸡鸣。

这是一条您当年做信贷员时常走的路吧。

何止时常走啊！每当问起，您总会直了直微弯的腰，摆摆粗糙的大手，笑着纠正道：那是天天走、日日行呀。目光中满是慈祥。

自打二十世纪五十年代中期成立信用合作社，从农村青年里将您招进信用社，一把油布雨伞，一只装着算盘账本的帆布挎包，就是您当年的全部家当。热天一身汗，雨天一身泥，吸储放贷、收款结算，风里雨里，您的足迹早已印记在这块土地上的每一个村落。

有风吹来，像是把天空撕了个大口子，越吹越大，一朵乳白色的云彩慌忙地从头顶一掠而过，伴随而来的是一阵雨，惊起芦苇丛中几只水鸟。我赶快裹紧风衣，拉起防风帽子。这是灌江平原特有的云彩雨。噼噼啪啪的雨声由远及近，又远去。瞬息之间，风停雨止，依然一片晴好的天。

不知道为什么背上背包就这么急匆匆地上路了。我甚至不晓得确切的方位就出门。只凭借依稀的记忆，甚至灵光一闪。然而我相信，不，应该确信是朝着您家的方向。

您又笑话我了，说我是个急性子人。

推开银行厚重神秘之门的那一年，您如此说笑我。不错，对于一个乍到银行又想尽快适应银行的人，在陌生、好奇之后，接踵而来的是无序、无奈，甚至夹着几分委屈与恍惚，就像在月夜里登山却望不见山顶，多么企盼哪怕一点儿能够引路的微弱光亮。

秋天，透亮的阳光下，让我有一种走进稻浪千顷的感觉。这个时节，在江苏北部正是水稻成熟的时候。站在田间小道上，满世界都是随风起伏着的金黄色的海。您在农业信贷成果检查组的人群中抽身走过来，显得那么严肃、秘密，悄悄塞给我一块儿叠得方正的纸条。

我转身迫不及待地展开两张四百格的便笺，上面工工整整地写满了十条。简要是：第一条年轻人不用心急，一口吃不下胖子，饭得一口口吃，事得一件件做；第二条铁路的规章、银行的制度，想做好银行就得吃透做事原则和方法；第三条做事要有恒心，要做别人想做又做不到、做了又做不了之事……第十条我这辈子吃亏就在没念多少书，现在来不及了，你趁年轻切莫亏待了自己。请酌之。落款是一九八六年十月十三日。

为事为人的警句啊！

我同您并无过深交往，怎么尽说掏心的话？您是怎么知道我的难处，又是如何晓得我内心的彷徨？我们年龄虽然相差将近二十岁，但是同为部门负责人，您是怕以语言告诫的方式我难以接受，还是怕伤了我的自尊，丢了我的面子？

望着眼前微风卷起的层层稻浪和消失在人群中清瘦微弯的背影，顿时，我心底涌起一股暖流，遍及全身。

大步走下斜坡的江堤，步入沟渠两边长满黄灿灿油菜花的乡村公路。转过一道弯，又一道弯，跨过一座流水潺潺的木板小桥，又一座小桥。我周身早已汗湿。我屏住气，依然快步流星。在某一个时刻，好像自己负载一个神秘的使命，去扮演一个重要的角色，更觉得要去朝拜一位心中仰慕已久的圣贤。

隆冬之夜，漫天大雪。人还没到，就听见您那老掉牙的自行车吱吱的声响。走，喝酒去。进得门来，您浑身散发出寒气，褪了色的蓝棉帽上落着几片雪花。我愣了半天，可您不由分说，拽着我的胳膊朝外走。

抬脚出门，雪花灌进领口，禁不住打了个哆嗦。乖乖，这么冷的天，这么大的雪，两个找酒喝的人，活像夜晚出巢寻食的动物，从一条大街窜到另一条大街，天寒地冻，哪个饭店、酒店不打烊啊。走运的是，影剧院后面小巷深处，寻得一家等待散夜场的小酒馆。

一盘猪头肉，一盘油炸花生，一盘麻油拌白菜帮子，您从怀里掏出宝贝，焐热了的两瓶响水大曲。还是老规矩，先喝酒再吃菜。

三二一，斟满六个杯子的酒倒在两只碗里，二人一口气干了。这种充满侠义豪情、带有江湖气息的喝酒仪式，恰恰是我们老家相遇知己的传统。开始我难以喝下。不过，有您的培养，还算有长进了。头一次，是我那篇《银企双向选择为时过早》的研究文章在省农行杂志发表之后，第二次是您再次获得全省农金战线标兵称号的当天，这是第三次了。有一种号角般的壮烈。

看我满脸狐疑，您又将酒添上，捒了个花生米放在嘴里嚼了嚼，装出一副生气的模样。您生气的样子特别可爱，像个淘气的老顽童。您问，不知道为何夜里拉你来喝酒，是吧？我忍住笑，点了点头道，老头子发疯了呗。没疯！可是有人做事不地道。说着，您别过身子，从衣袋里抽出一本杂志，啪的一声，摆在我面前。一看，这是我发表的第一个短篇小说《两代人》。我笑出声来。我说这是三个月前的事啦。对了，已经三个月了你都不告诉我，你还地道吗？您用那只看上去锈迹斑斑的食指，点点杂志，说，这可是全国发的杂志啊，这么大喜事你还闷头不说，怎不让我生气！您将酒杯举起，郑重其事地说，来，我们连喝三杯，第一杯是罚你的酒，我也赞助吧，第二杯诚心祝贺你有出息，这第三杯嘛，希望你接着再写，写大书，等于提前祝贺吧。说完，您把三只满酒的杯子抓起，夹在右手指缝间，如同一位杂技大师，次第吸入口中。

您说自己是个大老粗，不会写，连巴掌大的报纸也没上过。一辈子就喜欢有文化的人，有出息的年轻人。可是您是我师傅啊，十条锦囊够我消化半生。我以为你早就忘到脑后了，您望着我淡淡地问，还记得？我沉吟一会儿说，我记得，您指引了我做人做事的方向。这话说大啦，我哪有那么大的本事呀。说着，您笑了，露出得意的神色，侧身悄悄地问道，听人说，小说里那个老头是写我的，是吗？听到我的肯定应答，您伸出粗糙的左手，轻轻地捶捶我的后背。您的眼眶里也滚动晶莹的泪花。

太阳已经偏西了。在淡红色阳光映照下，晴朗的天空、辽阔的原野、潺潺的渠流、新修的乡村水泥公路，以及一块块错落有致、绿油油的秧苗池，皆能定格成美丽的静物。

远处传来寺院的木鱼声和飞檐的风铃声。难道我听错了，这儿也建了寺庙。近在咫尺，却又遥远。

公路边上有一座深红色的六角亭子，亭前立着乡村公交站牌。亭内一对青年男女，看他们说说笑笑亲昵的举止，我猜测是一对恋人。走上前去，我告诉男孩要去的村子，女孩却抢先答道，就是我们村子呀。她用纤细的手指了指不远处依然是白墙青瓦的村落，喏，有六七里路远，往前走，走到了村口就看到路标牌子啦。我道了谢，喝了口矿泉水，拧好盖子塞进背包，继续赶路。

我们最后一次相握，是在我全家迁居北京的那个清朗的早晨。

老家有一古老敦厚的习俗，叫作喝上马酒。凡是孩子参军、到外地读大学，或者搬家远离故土什么的，都要喝上马酒送其远行，意在祝福。我家在当地是大姓，而且我的辈分也高，加上同事好友，如果一家家做客，那真的是吃得马难前行了。于是自行相聚、集中送行。晚饭之后，仍有一二十位挚友至亲不舍离去，执意陪我喝了个通宵。

可您，从头到尾没有出现在喝上马酒的行列，您未作解释。是的，我也没有问您为什么不。我丝毫不怀疑我们的友谊，您给我的恩惠，给我的点拨，给我的力量，足以让我在此前或此后艰难的人生路上，策马驰骋。可我不能原谅自己的是，应该问问您的身体，关心您的安恙。可是您连家人都隐瞒，您当时已经重病缠身。

您还是来了，披着晨光，一个快乐的老头儿。从您儿子驮您的自行车上一跃而下，边走边冲着我摆摆手，乐哈哈地说，是鸟儿就得高飞，是马儿就得快跑啊，没啥相送，一件大衣为你在北方御寒。

一群人看着您笑。

其实我需要的，您应该知道，再给我写张纸条。没了没了，肚子里就那点水货，而且你已经出师了啦！柔和的阳光打在您那张布满皱折的笑脸上，那是我永远忘不了的生动而慈祥的笑脸。

未曾想，生死两重天，这一次成了永别。

第三个路口蓝色路标牌，乡村公墓，我重复念了两遍，确认上面的文字，折身东北方向。穿过几块待插的秧田，通过一条长长且泥滑的田埂，步入一片杂草丛生、荆棘纵横的密林。野草籽儿不时从鞋口落进鞋里，荆条的棘刺划刮裤管，不时发出吱拉吱拉的声音。我不得不在林间深一脚浅一脚地，踉跄着行走。这是一块足有五亩方圆的林子，似乎人迹罕至，一路寻找，一路辨认，感觉跋涉在一块未经刀镰的荒原。

走一会儿，驻足小休片刻。抬头望望，紫白相间的杨槐树花像一串粉嘟嘟的挂件，在微风中荡漾。低头看看，遍地的枯草中，长出几寸高的萋萋新芽。

太阳在西山顶上燃烧着，产生一种巨大的火球，映红了这片宁静的树林。这是很少见到的那种灿烂夺目的晚霞。

嗬，我终于找到您啦！

真是个幽静之所。怎么像您的性格一样，深藏而不露哩。老头儿，让我找得好苦啊。密林深处，微风拂动坟头厚厚的荒草。坟的周围，栽上一圈抽绿的冬青树，飘香的杨槐树下，一座安逸宁静的家园。

之前，我们没有讨论过生与死，没有交谈过最终的归属地，从来没有。我总觉得您是刻意回避关于生死的话题。或许您看得开看得淡，淡到不值得一提吧。就像您一辈子躬身于农村金融事业，最高的职务是股长，凭您的经验知识技术与人品，完全可以跳槽、升官或发财。

放下背包，取出两瓶酒，一包烟，一本书，摊在墓碑前。

很抱歉，您喜欢的那种山芋干酿制的烈性酒，早就停产了，这二锅头是我特地带给您的，六十度，口感不错。烟嘛，您抽的那种两毛三一包的玫瑰烟，市场上早不见了，委屈您，这包北方烟也能让您过瘾。至于那本书，不是您一直惦记着我写大书的吗，是的，是我的新作，四十多万字写了两年，名字叫《新银行行长》，刚刚出版的。什么内容？哦，您别急，肯定有您的故事啦。

一支支插在坟头忽明忽暗的香烟，升腾袅袅的烟雾，消失在高高的枝叶间。打开酒瓶盖子，一瓶倒在白底红字的墓碑上，一瓶握在手中，坐在碑前软软的草地上，喝了一口酒，打开书，翻到第三百六十一页。

…………

清明节时，树叶拔出嫩芽，还没全长出来。

从车窗里，远远望见一条龙八间青砖青瓦的平房。父亲微弯着腰，在堂屋门口朝他们笑。

父亲穿一身黑色运动服，脚下却是趿着一双黑色泡沫拖鞋。一向不喜爱洋装的父亲，显然是妹妹临时“武装”起来的。不过，黑色运动服和古铜色脸庞，色调倒很搭配，还显得精神。

鲁箫笑着走到跟前，扶着父亲手臂问高庆兴：“你怎么称呼老人家呀？”

“我叫爷。”高庆兴笑道。

“叫爷，不是爹爹吗？”

“不是的，我们这儿称祖父叫爹爹。”鲁箫心想，这不是辈分倒个儿了。她一时也搞不明白，就亲切地喊声“老爸”，顺手塞了红包。

父亲粗糙的指头捏着红包看了看，揣进右侧裤兜，对鲁箫说：“吉伢子，大么子东西。”鲁箫听不懂，高庆兴一旁翻译道：“父亲说你这闺女，怎么还带礼物呀。”

大港渔村的方言实在拗口难懂，下面以高庆兴的翻译语言来叙述。

父亲问：“闺女贵姓？”鲁箫说：“老爸，我姓鲁。”父亲点头道：“噢，好闺女，姓吕，双口吕啊。”高庆兴一旁对父亲说：“这闺女姓鲁，鱼日鲁，《三国演义》中花和尚鲁智深的鲁。”

鲁箫掩口笑道：“你这翻译也够呛，三国水浒也倒个儿了。”

高庆兴也笑。总之，意思到了，父亲也听懂了。

…………

隐约的风铃声消逝了，也听不到人语和鸟鸣。极目环顾，四周一片寂静，时间仿佛静止了。我的心胸，恰似风铃声飘荡过的那样，空旷，静远。

二〇一九年二月

师傅杨明

师傅眯起眼睛，装出一副严肃相，一本正经地问：

几岁了？

16 岁。

虚岁？

嗯。

想学车工？

是。

学不好要敲脑袋的噢。师傅脱下浸透油污的白纱手套，打量着我。

…………

我很局促。看着眼前个头不高脸色白净的陌生人，手足无措。

车间里的男女师傅们围拢过来，嘻嘻哈哈地为我撑腰打气，说小伙子你别怕，他在唬你那。又说，你杨明装什么装，还真能摆谱啊！师傅憋不住了，扑哧，笑出声来。师傅递给我一副新手套，拍拍我的肩膀，算是收下我这徒弟。

这就是我的师傅杨明。一个孩子气的、正经不起来的师傅。

师傅那年也就三十出头。上班一身干净得体的工装，平时白色休闲服，显得精干、利索，略带书生气。一双不大的眼睛，闪烁调皮、智慧的光芒。双手插在裤袋里，时或吹几声俏皮的口哨，总把快乐传递给别人，哪怕是空旷的远方。师傅是个胸怀宽广的人，与人为善，也不记仇，甚至包括曾经伤害过他的人。更不像他的一些苏南同乡，在苏北人面前，总是的确良比对老洋布，有一种薄薄的优越感。师傅人缘好，大家喜欢他，愿意聚集在他的身边议论各色各样的新鲜事儿，天上的，地下的，男人的，女人的故事，他默默地听着，偶尔发表几句俏皮的评论，弄得哄堂大笑。师傅最乐意做的是表演他的车工绝活儿，特别是大姑娘小媳妇围着的时候更加卖力。车床开到一千六百转，一刀下去，眨眼的工夫，精细的圆钢上变成铮亮的螺杆，而且公差配合极其精准，一气呵成。就像一位枪法高超的猎人，没等你明白他如何举枪，猎物已经收归囊中。

其实，师傅的儿时际遇艰辛，没有受到正规的教育，十二三岁就进厂当徒工。生活把他磨炼成坚韧的性格，又是坚韧的性格帮助他成为技术强者。虽然是个普通的技术工人，却赢得大家的尊重。师傅说不上高深的理论，也不善言表，但每道工序极其认真、严谨，追求完美。我这做徒弟的，自然也丝毫马虎不得的。“善师者学逸而功倍”，使我得益颇多。磨刀是车工的基础活儿，也是师傅的绝招儿。如同武术的马步，下盘扎实才能腾挪得法，行云流水。每当师傅站在两千转的砂轮前研磨刀具，气定神闲，铁花纷飞，游刃有余，我看得眼花缭乱，觉得他达到并在享受一种忘我的境界。师傅却说：“我用了三年才学会磨刀。”我理解，师傅的意思是业精于勤，持之以恒。这是我在人生旅程中最初得到的宝贵理念，并获益至今。

师傅也有忧愁的时候。师傅单身在响水，师母和师妹则在无锡，相距七八百里路，两地分居。师母漂亮贤惠，小师妹可爱伶俐。我却从未没见过她们。只是在师傅开心时，拿出她们的照片，给我讲她们母女俩的故事。师傅时常伫立在黄昏的柳树下，仰望着枝头那鹅黄色的叶芽一寸寸地生长，春天的余晖里，师傅满脸尽是忧伤。晚上，在师傅宿舍，摆上一盘花生米，一盘师母亲手制作的糖醋排骨，一箱汽水，师徒二人无言对饮。我只懵懵懂懂地记得师傅抬起头来，看着我勉强地笑笑，说："囡女，已经上小学了。"人的苦楚莫过于精神的孤独，分离的无奈、家事的无助、想念的痛切，等到多年后我与师傅有着同样境况时才体会得那么深刻。

师傅待我甚善，既像师徒又若朋友。有什么好吃的，不忘拉上我一块儿分享；遇到技术复杂的工件，都让我上手练练。师傅说，我既要教你做事也要教你做人，这是我的责任。是的，师傅的这个责任，海纳百川般的容量，包括男人的责任，爱的责任。

那天突然冷了起来。师傅穿着一件米黄色的绒衣，早早地到来车间。师傅又眯起眼睛，犹豫了好一会儿，认真地说："你能出师了，出去闯吧！"师傅好像早有准备，拿出他珍藏多年的白钢刀，说，你我师徒一场，收着留个纪念吧。说完，扬一扬手中饭菜票，"今天食堂我请客，红烧肉"。他的眼眶里，分明饱含晶莹的泪花。

一别有三十五年，他老人家也上了年纪，早已从响水回了无锡，此时应该含饴弄孙，享受天伦之乐了吧。多少年来，师傅杨明，始终萦绕心头。我曾通过多位朋友，找他老人家均未如愿。今借《江南晚报》一角，期盼师傅能看到此文，就想还师傅一顿红烧肉，再补上当年未及出口的，一个谢字。

二〇〇九年七月

晴朗的天

冬夜十一时，波音七四七客机从深圳宝安国际机场起飞，随着引擎巨大的轰鸣声，机身如离弦之箭，呼啸着，直插黛蓝色的天空。

透过舷窗，月色下那瑰丽的大道、宁静的村落、墨绿的原野和安闲的深圳河，渐渐地，成为一幅阡陌相连的越来越小的画面。原本一种困顿的情绪，也仿佛在时空交替中慢慢地模糊，悄悄地遁散。然而，香江两岸的灯火，依然璀璨夺目，像是天宫遗落在人间的两盆沸腾的炉火，给大地带来无尽的暖意，也温暖着一个身心疲惫的旅人。

擦了擦舷窗上的哈气，拂去晶亮的液体，试图把目光的焦距，拉伸到最远，寻找炉火中那一缕值得永生珍藏的火焰。

此时，生机勃然的世界，已经进入酣甜的梦乡。我在航空椅背的插袋里取出头戴式耳机，插入核桃木扶手内侧的导音孔。顿时，耳机里传来的动人魂魄的女中音歌声，像一股热浪，扑面而来。

有一个深情的地方
叫南方的南方

像是人生隧道里摸黑行走时
企盼的一抹
照亮前程的曙光

忘了披上雨衣
依然穿过
那悠长悠长
又怅惘迷茫的
雨巷

太阳从海上升起
又在西山落下
恰似轮回中
一抔黄土堆砌的
山冈

云雾散去东风再来
回首一眸
湛蓝湛蓝的天
总是湛蓝得
那么晴朗

…………

这是谁的歌声，一唱三吟，一吟三咏，一咏三叹，时而低沉，如泣如诉；时而浑厚，如潮如浪；时而缥缈，如云如烟。令人感心动耳，荡气回肠，仿佛浸入我的躯体直达灵魂。歌词只有二十来句，但将人生阐述个大概，融入人生哲学和人世佛学思想。想必出自一个彻悟人生、饱经沧桑者之手吧。

是的，自然是人类的主宰，自然是永恒的。而人，那么渺小，微不足道，甚或过眼烟云。无论王侯将相还是贩夫走卒，无论富贵还是贫贱，无论功名还是利禄，无论成功还是失败，无论得到还是失去，一切的一切，终将化为尘土，回归自然，不再重复，并将被厚重的历史所掩埋，直至了无痕迹。

我被歌声震撼了。我被感动了。我感到在我的手在颤抖。

我放下手中一本书，哥伦比亚作家加西亚·马尔克斯的《百年孤独》。我难能继续读下去，因为我觉得我的思绪已经在歌声中荡漾。如同一根秃了尾巴的羽毛在秋风里放肆地飞翔。

应该承认，人的最大遗憾莫过于不能正确地认识自己，人的可悲之处莫过于自己给自己设计陷阱。人需要一种精神，需要具备一种向上的抱负和志向，体现活着的价值。可是，我们时常自己跟自己过不去，时常在那些不切实际的欲望中徘徊甚至挣扎。说来好笑，人一旦被欲望驱使，就不可能保持一种淡定从容、不卑不亢、宠辱不惊、得失无意的心态乃至境界，必然要生出绵长而无尽的烦恼，以至自我戕虐式的郁闷，你的感知世界，密布着阴云。而当站在一个高坡上俯视人生，看人生的春夏秋冬，把自己当作一棵春天发芽、夏天成长、秋天凋零、冬天枯死的狗尾巴草，将自己定位在为这块土地增添些许绿色的阴凉，就会豁然开朗，你的世界就会是一片晴朗的天空，而且广阔和高远。

这是一位老人对我的教诲。这使我想起一位豁达的老人。

可是老人已经走了。

那年二月六日，正月十二，春节后第一个星期。我展开一条手机短信，几行黑体字跃入眼帘，又如铅块般的沉重：

"……家父已于二月一日安详地走了，善后已结束，遵父生前所嘱，现敬告，务必请宽宥……"。迟到的讣告是老人的小儿子发的。

老人曾是军队的文职干部，由于脸部留下严重的战争伤痕，到四十岁还没找上媳妇，后在家乡的文化宣传部门任职，或许是利用职务之便，当然也是组织决定，介绍了一位才貌双全、小他十八岁的扬剧演员为妻。先结婚后恋爱，也能夫唱妻随，其乐融融。

许是上天的眷顾，加上夫妇的努力，只几年，布满疤痕的老树上，长出了三片娇美的桃花和一只青涩的果子。老人风雅开朗，安贫乐道，乐善好施。当我像一叶浮萍似的四处漂泊时，于我恩泽。我们成了忘年之交。去年中秋时，耄耋之年的老人还精神矍铄地率友，做客于家乡的一座古寺，用一幅瘦金体的斗方，"悟道"两个字，为大家换来一个下午的禅茶，外加丰盛的斋点。

老人家客厅的陈设一如往昔，宽敞明亮。没有灵堂，没有黑纱，没有哀乐，只是沿墙摆放了一张深红色条桌，条桌上铺一块金丝绒布，一支签字毛笔，一本"宾客墨宝录"（签到簿）。侧耳凝听，老人的书房中飘出音乐，轻缓妙曼的民乐琵琶曲《梅花三弄》。老人生前最喜爱的这首古典民乐。颂扬梅花的高洁，傲雪凌霜的品性。整个客厅没有丝毫悲情，弥漫着喜庆的色彩。所有陈设，像一幅素雅吉庆的油画，给人一种浓浓的暖色。

"难道老人真的……？"我诧异。我不相信健朗的老人就这么走了，甚至相信他，同我来个幽默的会见方式，突然从某个地方大步走出来，带着哈哈的笑声，张开热情的双臂，迎接他称之为小友的我。

"是真的。"他儿子强忍住泪水。那天老人八十八岁生日，中午生日宴上，一高兴就喝了有三两白酒，下楼梯时摔了一下，也不重，只是轻轻地摔了一下，晚上就不行了。前后不过一周。他儿子擦了擦泪水，说："我爸说他去长途旅行，要我们按照喜事来办，他说他出身贫寒之家，长于战乱之时，活在安稳年代。来时该喜却悲，走时该悲则喜。这一切都是老人家生前安排好的……"

古寺庙里，老人谈笑风生，道古论今，乐观生老病死。他呷了一口茶，用一口浓重的乡音，幽默地表达他的生死观："生是责任，你必须来，死是道德，你必须去，腾出点地方给后来者吧。当你死的时候，与其说让亲人悲悲戚戚、凄凄惨惨，倒不如高高兴兴、欢欢喜喜，我也好乘鹤归去矣！"

八十八岁，米寿，不论红白，皆为寿中之寿。

轻轻打开飘着白云图案的"宾客墨宝录"。扉页，是老人一行飘逸的草书："谢谢，我在天堂为你祈福！"

…………

我按住座椅扶手上的调音键，音量调整到十二档。我愿意在歌声中经受灵魂的洗濯。

有一个深情的地方

叫南方的南方

像是在人生隧道里摸黑行走时

企盼的一抹

照亮前程的曙光

…………

二〇一〇年三月

女上司

假如有一天，你问他的女上司怎样，他不会直抒胸臆，那么爽快回答你。因为，做过他上司的女士，不止一个，是仨。三位女上司，年龄有小有大，学识有薄有厚，职务有低有高，颜值有弱有强，性格有柔有刚，行事风格有甜有辣，待人接物的方式迥异有别。故而，一概而论，一口气儿叫他说出对各人评价，未免强人所难。路有远近，人各亲疏。不过，在女上司中他愿意聊的，要数春梅。

春梅生于北京，因她爹是西北人，她调侃说自己的祖籍在秦国。西北人的性格，有点儿像秦腔和油泼面，刚刚的，香辣味儿十足。春梅却不是。如一棵嫩苗儿，甜甜的，绵绵的，灵灵的，说话轻得像细细的风，碧玉式的小媳妇儿。

春梅是专攻汉语言文学的，文学硕士。按理说，对爱情应有较深的理解，早些恋爱结婚才是。何况，读文学专业没几个是情商低的人。可她总觉得搞对象自己吃了亏似的，对任何求爱者，抱以铜墙铁壁。真是枉读了那么多爱情名著。如此这般，即便是再傻的苍蝇也会退避三舍。一年两年三年，职务如登台阶级步步上去了，年龄也是水涨船高，鲜馍馍快成硬饼饼，等她想选择的时候，余地小了。胖瘦高矮，大小老少，高不成，低不就。一晃三十，又一晃三十五。再看那帮同学，不是手牵的，肩上扛的，就是怀里抱的、奶的。她急了。这一急，可苦了她手下的人。一位研究行为学的朋友说，这个时期的女人，其攻击力指数为九点八，高于更年期。九点八是个什么概念呀，不晓得。总之，火力肯定不弱。所幸的是，他到春梅手下干活儿的时候，天赐良缘，春梅已经觅得如意郎君，结束了闺阁单身，走进已是人妻、初为人母的新时代。

他来报到的那天，正是春节后的第十天。西北风一个劲儿地吼，漫天飞雪似乎也没有停下来打个盹儿的意思。

家里老人非得要看日子。行车走马三分命啊，咋不挑个日子就出行呢。老人把吊在脖子上的老花镜擦了三遍，哈了哈气，又擦一遍，才戴上，慈祥地看着他问，真的急着去。他说，已经晚去了。老人摇摇头，打开那本同自己一样年迈的皇历，翻来看去，指着皱巴巴的那页，说，这日子好。

可春梅一听，笑道，真有你的哎，什么年代了，你还是挑个日子来着？再不来，我可飞你们家去，喝你们家的米酒，吃你们家的醉蟹，拿你们家的……话没说完，人就笑得前仰后合。

春梅，是她的笔名。这个名字他很早就在报上、书里读到过。

头一回见面，还是前两年的一个夏天。这个夏天，发生了一件举国大事，南方多个地区发生了特大水灾，滔滔的洪水，淹没了沿江沿海的农田、村庄和城镇。当时，他正在北京一所院校进修。南方有他的家园，他的亲人，他那刚出生不久的儿子。他归心似箭，怀里头就像揣满了杂草，乱极了。几位学友把饭菜票集中起来吃了一顿大餐，为他翌日离京饯行。却在晚上，总部的朋友找到了他，通知他参加抗洪救灾的新闻采访预备会议，对象以记者为主，内容是组织记者作家奔赴一线，为总部报刊提供及时的抗洪现场消息。

会前，经人介绍，春梅先是一愣，睁着大大的眼睛，看着他问，你就是你呀？大概觉得这句话有些唐突，春梅随即表示出初识的惊讶，笑眯眯地解释，我是说呀，你怎么长成北方的汉子了。

他抱歉地笑笑，说，如果头上生出犄角，岂不吓着主任嘛。旁边一阵笑声。

那倒也不是。春梅莞尔。那种带着大机关里养成并非自己故意做派语气，远远地，伸出三个指头，算是同他握手。样子很矜持。他倒没在意春梅不经意间流露的居高临下的姿态，只是暗忖，这小女子挺有能耐的，管着一个大部门，还管那么多文化人。

陌生，似一道屏障横亘于人与人之间，让无数个可能成为朋友、知己、至交的人们，在摩肩接踵的人群中，失之交臂，永不复识。虚拟的世界是这样，现实生活中更是如此。一旦这道墙壁，随着时空转换而销遁，就会突然发现，噢，原来世界这么小。于是，都有可能，尝试着，一种无须穿越时空的友谊。

他与春梅，或者说，春梅与他，都有这样的感觉。

转年三月，春梅发起并组织的一个文学讲习班，邀请他参加。春梅没有直接通知他本人，而是以函件的方式通知他的单位，让单位转达。既是上级对下级履行程序，公事公办，也不夹带个人因素。他乘坐一天长途汽车，当晚再上火车，咣当、咣当了一夜，日出时分，抵达东南海港城市。下榻的酒店，坐北朝南，倚山面海，显得富丽而别致，成为当地标志性建筑。

见到春梅，是在晚餐前。春梅身着一件火红色的风衣，显得青春、妩媚，卓尔不群。春梅同众人一一握手。她说，真对不起大家，让你们等了一天，我们刚刚赶到这儿。他在人群外搭话，说，挺好嘛，你们不来，我们放了一天撒驴，落得个逍遥自在。她绕了一圈子，走过去，笑笑说，你就别再贫了吧，走，我带你见一个人去。她冲大家摆摆手，旁若无人地拉着他胳膊就走。就跟他们认识了几百年似的。

这么匆匆地，见谁？他问。春梅说，带你见见张先生，这次她行程安排得比较满，没准儿什么时候走，你不去见见就没空儿了。他心头一热，春梅是在给他搭桥。但几乎不能相信，拜见的是高山仰止的张先生。他知道张先生是位年高德劭的老太太，一家知名文学杂志的副总编辑。他有些犹疑，不可能吧？咋叫不可能，春梅自信得有点儿显摆，说，一切都有可能。

张先生坐在套间外边的沙发上，正在阅读一本封面是金黄色的书。老太太满头银丝，人显瘦弱，但精神矍铄，神采奕奕。老人家刚从副总编辑岗位退居二线，仍然负责杂志社的事务。

进得门来，春梅同老太太熟悉得就像自家人一般，给他拉了把椅子，自已笑嘻嘻地坐在张先生身边。春梅也不拐弯，直通通地说，哎，给您推荐这个人。春梅指了指对面的他，说，就推荐他一个，您还是要给他上稿子的哦。老太太看着他，微笑点点头，转首对春梅说，只要不砸了我的招牌就成。哟哟哟，就您那杂志呀。春梅有意做出不屑的样子，说，他写的东西保您也喜欢，您喝过二锅头不，就像喝了白酒，有后劲儿。老太太笑开了，笑得慈祥，说，你这丫头推荐的，我得要看一看啦。可是他没带来现成稿子，有些局促。老太太瞧着他笑笑说，你也别急，这几天写，就写散文吧，责任编辑是一同来的美女，你给她好了。老太太停了下，补充道，过了她那关，我再瞧瞧吧。老人家的意思很明了，编辑没看上，说明稿子不咋地，春梅你们也别怪我啰。

那是他真正意义上的写作散文，也是他第一次在国家级文学刊物上发表作品。当他将连夜赶写的稿子拿出来时，春梅陪着老太太一行人已经在早餐厅里，大家热闹地围在一起，说说笑笑。有人提议，张先生这次来应该多待几天，海城比北京暖和，穿个衬衣就成，养人之地。老太太下意识地扶扶眼镜，乐哈哈地，看了看春梅，对大伙儿说，我呀，这次真的没打算来，是被这丫头绑来的，支持她一回。确实，张先生的到来，给讲习班也是给春梅撑了门面，总部也派来高级别的干部，参加了开班仪式。春梅笑了笑，像个大女孩，拿她那根纤细的指头，冲着老太太，点了又点，嗔娇道，您这老太太真没良心，这么好的河山您不多看看、多走走，眼睛一闭，玩完……春梅双手贴在耳边，做个寿终正寝状。老太太也不恼，看着站在一旁的他，指着春梅说，你看看、你看看，尽同我没大没小的，她爹不敢对我说的话，全被她一人说了。

春梅的率真和老太太的慈爱，惹起笑声一片。

但凡文学活动总是热闹。四五十人来自四面八方，二十几个省市，有熟悉的有不熟悉的，多数未曾谋面，仅仅是在报刊上见过互相的名字。一下子汇集到讲习班上，谁是谁，先生还是女士，对上号了，成了朋友。于是，少不了晚餐后，三个一群、五个一伙的，再弄几瓶啤酒灌一灌，东边打雷，西边下雨，天南海北地胡吹一通。如此也快，十天过去了七日。

春梅是位纯正之人，很要强，也很谨慎，特别在乎自己第一次独立组织的活动，事必躬亲，细到学员出去回来都要请销假，每天早晚餐也要清点人数。来的都是骚客情种啊，春梅生怕出乱子。好在行业内部这种培训，全是在职人员，有个管头，也有自个儿约束，不会胡来到哪儿去，何况还有三天各自打道回府，顺顺当当。

每天晚餐后，自由活动，他的房间可喧闹了。屋子里挤得满满的，喝啤酒的喝啤酒，喝茶的喝茶，讲古论今，各显神通，活脱脱地说书场。

因有山东学员在座，他就聊起山东老乡公输般先生，就是春秋战国时鲁国的鲁班。鲁师傅极聪明，虽为贵族子弟却无纨绔习气，在许多领域有所建树，被后人仰慕，尤其是木工活儿，可谓鬼斧神工。鲁师傅还是个大孝子。纵观齐鲁古今，不仅出了很多思想家、教育家、军事家，也出孝子。鲁班担心母亲走路累着，就给娘做了木马，以代步。一天，他把母亲扶上木马，打开机关，开始那匹木马还是慢悠悠地走，后来自己跑了起来，越跑越快，鲁师傅在后追呀追……

东汉亦儒亦道的王充先生，他在《论衡》里说："公输子载母其上，一驱不还，痛失其母。"木马载着娘亲跑得无影无踪，鲁师傅悲痛之中又无限悔恨，一气之下，砸碎木匠工具，决意不再做木工活儿了。后来，鲁班娶妻生子。可能是生活所迫吧，还是其他原因，总归去外地打工了。具体干什么工作，王充先生没说，也就不得而知了。就像如今到外地工作的年轻人，离家远了，想家，想父亲，想娇妻爱子，怎么办呢，鲁班大概经过激烈的思想斗争，之后又捡起木工活儿，做了一只木鸢，就是木质老鹰。骑上去，敲三下，飞起，敲五下，落地。有了木鸢就方便多了，经常回家与妻相会，瞒着老爹，暮归晨回。没多久，媳妇怀孕了。鲁班的老爹心想，怪了怪了，没发现儿媳妇有什么不检点的行为呀，可肚子，怎么一天天肿了呢。媳妇为示清白，只好如实相告。爹还是将信将疑的。媳妇说，您老要是还不信，等你儿子回来了，我给您透个信儿，那老鹰就放在我们家的后院，敲三下，就飞了。

后来有一天，儿子回家时，老爹趁其不备，悄悄地骑上木鸢，照样拍三下，飞了起来，越飞越高。起初，老头儿着实激动无比。心想，这东西太好了，上下班不怕堵车，也不要加油，节能又环保，如若让儿子给每个人做一只的话，那帮交警小子得下岗了，欧佩克那帮鬼子也奈何不了俺中国人。遗憾的是，鲁班媳妇没告诉老爹敲五下……

笃、笃、笃！三下清脆而礼貌的敲门声，打断了这帮家伙对鲁班老爹下落的关注，大煞气氛。大家憋着气，不吭声。

请问……很是客气的女声。她是来找他的。屋里的人，皆闷着头捂着嘴笑。

笃、笃！又敲两下。紧挨着门口的山东人憋不住了，站起身来，抢步开门。边走边说，已经敲五下了，再不开门，他爹掉海里去了。

一位面目清丽的女子站在门外。哦，原来是冬雪。冬雪负责活动的后勤，也是春梅的助手。冬雪踮着脚，移步屋内，睃了他一眼，轻声犹疑地问，谁他爹掉海里了？

话音未落，澎起一屋大笑。

春梅住的也是套间。里边卧室，外面客厅。一株玉兰，占据客厅一角，枝繁叶茂间，隐约可见几朵洁白的花蕊，橘黄的灯光下，让人感到一派暖色。但看春梅那张脸，不是严冬，也是春寒料峭。此时，已过凌晨一点。春梅斜坐在迎门的沙发中间，脸，憋得通红，那目光冷冷地落在茶几上。茶几上，一本工作笔记，和躺在笔记本上的铅笔。

他同冬雪落座后，许久，春梅才开口。请你来，帮我出出主意。春梅喘了口气，接着说，有人报告，老甲鱼和小蹄子，没吭一声就走人，到现在还没回来，你看看，现在几点了，这、这，咋办。亏她想得出来两个代名词。春梅见他在笑，稍微松缓一些，说，万一出了事故……要不要现在就报警?

春梅生气的时候还是蛮耐看的。他没同她开玩笑，只是思忖，春天本是草木勃勃的季节，何况搞文学的，一起讨论生活细节，倒也无妨。若是真的出了事故，危及人身安全，可了不得了。活动搞砸了不说，后续还有无数麻烦事。然而，如果并非事故而是故事，一旦报了警，惊动官府，弄得路人皆知，没事也是有事，岂不照样搞砸了么。他安慰春梅别着急，再等等，期待平安无事。

据报告者叙述，那男女二人晚饭后去游泳，游泳后唱歌，唱歌后跳舞，跳着跳着就不见踪影了，到现在还不见人。那时还没有手机，连个 BB 机也属稀奇货。报告者出于关心或者其他什么，赶忙向春梅面禀。

还好，一场虚惊。

原来那二人受当地共同文友之邀，看海了。感悟夜幕下的海，给创作增添情趣，也是说得过去的理由。大家松了一口气。

不过春梅觉得还是不能轻饶。不听招呼，目无纪律，想走就走，想回就回，让这么多人跟着担惊受怕。起初，她的语速还平缓，却越说越激动。抓起铅笔，紧紧握住，似乎要把他们碾碎，又狠狠地拍在茶几上，嘴里迸发出下列文字：让他们走，滚回去，而且立即！她那狠劲儿，那果敢决断的架势，不像饱读诗书的文弱女子，倒像是横刀立马的女将军。

他哈哈大笑。他理解春梅肩上的压力，胸中的怨气，气头上说的气话。劝道：人平安就好，如果让二人天亮就走，这么一折腾，事情还不是闹大了吗，闲人会怎么说呢，噢，春梅主任组织的讲习班出了大新闻啦。

春梅边听边摆摆手。一会儿，转怒为笑，说，还是在基层当行长的有经验，处事从容。春梅抬头看着他，说，如有可能，希望你来北京，我们做同事。

他没有纠正春梅，他还不是行长。只是望着海的那边渐渐明亮的曙光。

二十多年后，他与春梅在一个文学会议上相遇。体会期间，他俩站在窗口，眺望金融街奇迹般生长的楼群，笑谈起了当年的逸事。

他的人生路上，有许多怀德之人，为之搭过桥铺过路，曾经的女上司春梅乃是其中之一。

一九九六年一月初稿

二〇一四年一月修改

赴澳掠记

我喜欢出远门前下点雨。自古有个“风伯清尘，雨师洒道”的说法。二〇〇二年六月十日，从早上开始，京城阴云密布，隐约有些雷声，像是要下一场大雨的样子。最终只是象征性地落些毛毛细雨，也算是下雨了。可这场大雨，下到了行程经停的前方广州。

下午三点十分从首都机场起飞，应该经停广州白云机场，再飞澳大利亚的墨尔本。可广州临时关闭，因为正在下雨，如瓢泼一般的雷雨。飞机只好就近降落到长沙的黄花机场。原本十二个小时就能到达墨尔本的，却飞了十五个小时。好在同行的人多，一路上，山南海北，谈天说地，吹呀侃的，再就看看书，听听音乐，累了，闭上眼睛打个盹儿，自然就不觉得南半球那么遥远。

第一次踏上澳洲大陆，觉得十分新鲜。墨尔本机场，过廊桥，步出大厅。一抬头，灿灿的太阳撞了个满怀。北京已经进入初夏，南半球正好相反，刚刚进入十二月凉爽的初冬时节。风似娇手，过肤如酥。如果不是烟蒂遍布的话，墨尔本机场还是很干净的。

墨尔本大学研究生商学院，是我们到澳洲学习交流和考察的第一站。下榻的维多利亚酒店，与商学院相距不过一公里。商学院坐北朝南，路对过是典型欧式风格的墨尔本火车站，据说有百多年历史。西方人，以老为贵，越老的建筑，名气越大。澳洲的城市都老旧。墨尔本也像老祖母的嫁妆盒，显得陈旧，但底色厚重，展现了欧洲文化深厚的底蕴。火车站的身后，便是一条著名的河流，叫雅拉河。雅拉河不像长江黄河那样壮阔、汹涌，而是文静与安详。

阳光下的早晨，雅拉河格外美丽。蓝天下，碧绿碧绿的水，大群的鸥鸟，如同在彩练上飞翔；对岸是高高低低的丘陵，茂密的树林里，掩映着零星的白色别墅，装点着这条饱经沧桑的雅拉河。早晚闲暇之时，我喜欢静静地伫立河岸。我在欣赏它的同时，也会想象着英国人为了占领澳洲大陆，当年组织军队对英勇抵抗的土著人民，残酷围剿、灭杀的凄惨壮烈的情景。“迈埃尔屠杀”“弗雷泽惨案”以及塔斯马尼亚人被灭种……英国人对世界近代文明发挥过重要的作用，但在澳洲，那是殖民掠夺者带血的文明。雅拉河是一条土著人血泪漂洗过的河流。

即便周末，澳洲的市面上，白天人较少。到了晚上，人就多了起来。但你认真地数一数，十个人中，至少七人是亚洲面孔，七人中大多是会讲汉语的中国人。学生、商人和旅游者。到了唐人街，基本没有出国的感觉，就像出差到南方沿海一个县城的商埠区。汉字、乡音、物品、店铺门脸，全是中国的。就连流传的段子，也是中国式的故事。

最令我起敬与同情的，要数在澳洲一边求学一边打工的孩子。这些孩子，多数是十七八岁的青年，也有十二三岁的少年，他们白天上学，晚上只能在华人开的饭店酒吧当跑堂。不过，这些有吃苦精神有出息的孩子，所见的则是少数。而更多的是成群结队，三三两两，男男女女，在漂泊，准确地说，瞎混。爹妈哪里知道，自己挣的辛苦钱，小孩子拿到国外打水漂儿了。据说一个北方的孩子在澳洲四年，英语没学上，倒是学了一口流利的广东话。我相信这不是笑话。

我曾为建议几位朋友将已经工作的孩子送出国再读书而内疚。原因是不仅没有达到预期，反而把原来好端端的金饭碗丢了，回来后又艰辛地求人找工作。当年我建议的理由是，朋友自身有些积蓄，就这么一个孩子，等于提前支付给子女吧。应该承认，八九十年代，我们对国外的了解十分局限，总是一厢情愿，又事与愿违。如果，你的子女自小就是品学兼优，又有经济实力，送出国去读书，开阔视野，甚或有个大学本科经历，再到国外深造，读个硕士博士，无论到哪儿，国外国内都能安身立命。别指望国内没念好书，出了国，远离家庭，就能学出个名堂来。固然有成才的例证，亦属凤毛麟角。所以，我很欣赏一句话，就是：国内没学好到国外未必学得好，而国内书读得好的，在哪儿都能有学业上的成就。这是一种经验总结。

在澳洲，我喜欢同当地华人和华侨交流，归属感，是每个在外华人的心结。一位几代侨居澳洲的老人，祖籍无锡，七十来岁，现在做个人金融投资顾问，其兄弟和子孙辈中，有大学教授、医生，有在银行和社区当负责人，他的家族企业已经在无锡投资发展。应该说，他是澳洲具有代表性的成功人士。但他说自己只是寄居，缺少归属感，所以才做国内的投资。华人是难以进入西方人的主流社会的。即使出现几位华人精英，西方人表面上挺和气，也没讲什么人种歧视、文化歧视，没说看不起你，但从骨子眼里并不认同，并没把你当成自己人。在一种隐形的，甚至无处不在的漠视环境中，你的尊严，你的心情，会好到哪儿去。

出了国门，才会产生不曾有过的自豪感觉。

由于考察专访与业务交流，以墨尔本为基点，分别去了悉尼、堪培拉、布里斯班等城市的金融机构。你会产生一种到了中国一个沿海的比较干净的古老小城。除了那么几条交通干道，街边的路都是窄窄的，有的是石板路，有的是水泥路，勉强能会车。人行道就在店铺门脸儿的墙根，相向而行时，人要侧着身子从墙根“溜”过。有澳洲的金融同行问，你们北京的路有多宽，我们回答长安街是双向十六车道。问者总是不相信，以为听错了，但等确认后便作惊诧状，直着眼睛说，哇，那不是广场吗。墨尔本最宽的交通干道也就双向六车道。

我很好奇，平日里澳洲的公路上，是看不到几辆车子的，商场的售货员比顾客多。诚然，澳洲是个发达的国家，福利世界排名第三，人均收入世界排名第十九，远高于中国，但澳洲的富裕，只是资源支撑着。

在中国的各大城市，你会强烈地感受着“日新月异”这个词的含义。一个月不走那条路，再走就得盘上立交桥；以前还是一块苞谷地，一转眼就成了一片不逊色于西方国家的现代化大型社区；原来是一片垃圾场，冷不丁儿，冒出了繁华的购物中心；银行、商场、饭店、酒店、机场、车站、码头等公共场所，几乎是熙熙攘攘，摩肩接踵。一派欣欣向荣。

应该承认，澳洲金融机构网点的硬件确属一流，金融研究领域也是领先的，在金融工具运用与金融产品开发上，超过中国许多年，并且聚集了一批世界级的金融人才。这是中国金融界所公认的。可是，当与他们的某个金融集团的专家们讨论交流时，就会觉得他们对中国金融发展状态，并没有太多的了解，或者是滞后的。比如他们认为难以处理的金融问题，其实我们已经解决了，而我们提出一些金融前沿的焦点问题，他们回答不出，或者还没有遇到过。这里边，既有制度体制等国情不同，也有对当代金融探索的深度、速度的不一样。而且，这些专家里头除了金融机构高层之外，很少有人到过中国。一方面，他们根本不知道当今中国的情况，更不清楚中国金融态势，对中国的了解只止于一二十年前的信息。另一方面，许多西方人，无知且自傲，压根儿就不想了解中国的发展状况，却自以为是，高谈阔论，时常装成满腹经纶的样子，滔滔不绝，结果场面弄得很尴尬。

当然，通过交流与专访，有了对比，尤其中国现代金融工具的创新与运用，看到了中国金融业蒸蒸日上之气象，蓬勃发展之态势。无论澳洲怎样，也是了解，也是收获。

在悉尼时，我很想做的一件事，就是去悉尼歌剧院听一场歌剧，挺期待，心情蛮激动的。晚上的票，下午就用酒店里的熨斗，将西服熨得伏贴，选了一条绛红色领带。那天是六月二十五号，正是农历十五，月亮又大又圆，高悬在达令港的夜空，轻浪、瀚海，诗一般的美妙。跟老家海边的月亮十分相似，那动人的月光，很柔和，很纯净，也很亲切。

歌剧的名字叫“LOLANTHE”，不知怎么翻成汉语。瑞典一家剧团出演的传统剧目。歌剧讲述了一个王子同贫家女的爱情故事，中间穿插着魔鬼、魔法、魔幻的情节，最终正义战胜了邪恶，爱情战胜了现实，有情人终成眷属。

尽管一句都听不懂，也装着很懂、很投入、很内行的样子。开始时，人家拍手，我也拍，人家笑，我也跟着哈哈。样儿肯定很傻。渐渐地，睡意阵阵袭来。为了神圣的殿堂，为了绅士，也为了不丢脸，努力地睁着耷拉着的双眼，竖起耳朵，昂着头。后来，只闻四周鼾声一片，慢慢地，我也扛不住了。经验表明：在悉尼歌剧院，听着歌剧睡觉，比哪儿都香。只是成本太高，一百零三澳元，一个星期的伙食费，还坐在最后一排。

二○○二年十月

第三辑

家乡的风情

——《响水传说》序

我的老家，在江苏北部紧挨着黄海的响水，光听这名字就是一个多水的地方，也是一个盛产美丽传说之所在。

家乡水系发达，大大小小的湖泊塘洼，纵横交错的河道沟渠，构成了家乡的筋脉，成为这块土地上最具生命力的风景。在众多河流中，最重要的一条河叫灌河，古名称为灌江，像个细长喇叭的天然潮汐河道，最宽的水面达三四里，直通大海。因明代吴承恩先生笔下“二郎神大战灌江口”的精彩一章，使得这条河和这一民间传说，名闻遐迩，洞穿古今，几百年来盛传不衰。

灌河养育了家乡的平原，像一位慈祥的母亲，奶大了世世代代的家乡人，也滋养了我儿时的文学情愫和对未知世界的好奇。当年时常约上三五个小伙伴，披着春天的晨光，爬上高高的灌河大堤，看青郁拔节的苍苍芦苇，看迎风飞翔的鸥鸟，看一排排翻卷东去的浪花，看往来的客船、货船、挂桨的机帆船和张网的渔船，那时总觉得灌河有股子仙气。到了秋天，夕阳下的灌河，成片的芦苇长成了银色的堤岸卫士，随风摇曳，一望无际，抓一把柔软的芦柴花，放在手心里轻轻地揉一揉，一扬手，放飞的纷纷花絮连同湍急的河水，纷纷飘向极目处的远方。

远方是海，那么海的远方呢。

千年之前，我的家乡是一片汪洋，黄河夺淮入海形成了冲积陆地。原居民以捕鱼、围猎和晒盐为生，后来处于农渔猎盐的自然社会状态。也是英雄与海盗并存的地方。家乡人民在长期辛勤劳作过程中，聚集了民间的智慧，以口头文学式样，表达对天地的感恩、日月的崇拜、自然的敬畏、生命的探求，向往平安美好的生活。于是，极具地域文学特色的民间故事，关于河的传说、海的传说、盐的传说、英雄的传说、正义战胜邪恶的传说，代代口耳相传，一直流传至今。

当我手捧着《响水传说》这部厚重的书稿时，那种既熟悉又欣喜的滋味，犹如夏日的凉风掠过心头。阅读这部书，勾起了记忆深处那些儿时耳熟能详的各种神话故事。一时间，仿佛又回到了儿时，围坐在冬日夜晚的火盆旁边，满屋子大人小伢子屏声敛息，恭听老人们绘声绘色、带着侉腔侉调地讲古：大力神仙王彦章铁船开灌河，大通口铁牛镇水妖，响水口群鱼朝拜龙王庙，盐婆婆和盐爷爷造福一方，二圣港蟒牛村来历，二郎神智擒蛟龙，灌河口虎头潮，灌江美人四腮鲈鱼……故事惊险而神秘，有的故事尽管听了无数遍，还是屡听不厌，回味无穷，给那一个个寒冷的夜晚增添了些许暖意。

一般写作者离不开童年少年时期的文学浸润。

我的童年是在公安大院里度过的，文学启蒙是带我们兄弟姐妹长大的外婆。我外婆善良达观，明事理，虽然不识字，但能讲出许多优美的神话故事。童年记忆中无数个满天星斗的夜晚，外婆牵着我看着繁花似锦的夜空，教我在浩瀚的天幕中寻找辨认星星，还小声嘱咐要用眼睛看，不能用手指着星星，那是对神仙的不敬。每个故事的结尾处，外婆都有一番意味深长的归纳。比如银河那边的三颗是石头星，这边三颗是灯草星，为啥灯草星过不去呀，因为挑着石头的担子重啊，虽然辛苦但走起路来步子稳，遭到大风也不惧，就挑过去了。灯草星呢，挑的担子轻，大风一刮就挪不动脚了。人哪，不吃些苦头哪来甜头呢。那些心驰神往且蕴含哲理的美妙故事，拉开了我童年那扇懵懂的天窗。

我在少年时期才真正接触或者说感悟有着地域魅力的响水民间文学。我的老家正好在淮河的南北分界线区域，多少年后才有所体察，就是我们那块人的品性集南北之长，既不缺南方人的精明与细腻，又有北方人的豪爽与旷达，有时甚至有点儿天不怕地不怕的强悍粗野的丛林味道。这一想法在《响水传说》这部书中，寻得答案。那些坚韧大度、悲天悯人、侠义济危、快意恩仇的故事，不啻是民间传说，也是江河湖海自然造就了的家乡人秉性的记述。正是这些故事、这些记述，如同一泓灌输麦苗的涓涓细流，滋润了一个少年的文学情怀，对我后来的小说语言风格、叙事方式和铺陈的小说结构，有着重要的影响。不仅如此，还构建了我最初的对待这个世界的情感方式、性格品行和我的审美情趣。

家乡，始终是一个解不开的情结。

家乡是我的根，我生命中的魂，我文学创作的根据地。我曾在一部长篇小说的创作谈《缘于心中的眷恋》中说过，这一生中最温暖的地方莫过于我的故乡，让我动情让我感恩的，也是我的家乡。老家是我的衣胞之地，时常回味起儿时的往事，谛听留在盐碱地上稚嫩的足音。前后加起来，居住在北方这座城市三十多年了，即便比家乡人多、热闹、繁华，可是常有一种脚不着地、客居他乡的感觉。最喜欢吃的还是家乡的菜，听得最顺耳的还是旁人难懂的土语方言。家乡是一根脉动的血管，在我体内流淌。我的小说创作对象也始终没有离开过我最熟悉的家乡，比如太阳河、读海、河与海的交汇处、那片蔚蓝的海、蓝色经纬、奔腾的灌江等，作品的名字都沾满了河鲜海味。家乡柔情的水，家乡敞亮的河，家乡苍茫的海，家乡精明而又豪气的人，都是用心刻画描写的对象，并且绵绵不断地滋补我笔下的庄稼。恰似一叶扁舟，从响水口出发，顺着灌河而下，载着我的眷恋，抵达海那边的块块绿洲。

我以为文学作品就是一个个令人陶醉的故事。而我们那个地方的人是擅长讲故事的，讲得你会沉迷其中。这个能耐我从几乎一口气读完的《响水传说》中得到了释惑与印证。一个个奇异神秘的故事，对天地万物的天真、朴素和真诚的艺术想象，让我爱不释手。我敬佩与谢忱这部书开明的组织者、尽职的主编和各位优秀的写作者，辛勤地策划、收集、整理与创作，以艺术虚构和浪漫主义的创作方法，诠释世故人情、民风民俗和每个传说的渊源关系。不仅仅具有艺术价值、美学价值与史学价值，应该说，它还呈现了丰富奔放的民间文化成果，更使包括我在内的无数读者，能够系统地品读到那片神奇的土地上滋长出来的瑰丽多姿的文学作品。在这个意义上，出版这部书已经超越了狭义的地域概念，《响水传说》已然是中华文学百花园中一支弥漫着馨香的花朵。

二〇一九年六月

生活中的阳光与温暖

——符浩勇《失语的秋天》序

我是在拉萨参加中国金融文联组织的采写金融道德模范期间，读完符浩勇先生的小说集《失语的秋天》的。此时，虽然没有强烈的高原反应，却总觉得头脑木木发胀，行动迟缓了半拍，上下台阶不时走起了太空步。然而，《失语的秋天》无疑如同高原清纯的阳光，在我心底浮起意外的欣喜和慰藉般的温暖。

览阅这部由一个个鲜活机巧、乐趣横生的故事串成的书，浩勇把我又一次带到那个充满海岛风情和时代气息的土地，去领略他所描摹的独特自然场景和当代金融人生存生活的状态，以及他所创造的缤纷多彩的艺术世界，并且同小说中的主人公们共同经历命运的起落和生活的悲欢。而在他精心架构的各篇文体中，又发现了不少新的艺术尝试。这都使我欣喜不已。我很是乐意与读者分享浩勇的创作果实。

我同符浩勇先生认识时间并不长，而读他的小说和通信联系也在两三年间。但听他说，他在整理这部书稿时，翻阅到二十世纪的《金潮》文学杂志，我和他同期发表小说，并见到刊物封二上有我当年的照片。如今，我阅读着他的文字，似乎我和他之间的交往已经很多年了。如同一条蜿蜒在时间里的河流，友谊的源头一直可以追溯到二十世纪九十年代初期，出于对文学共同的志向，我们早已走到了一起，那时的《金潮》是国内独家金融文学期刊。这么多年来，在复杂的社会背景中，我们都似乎在静静地享受着金融文学落寞、单纯和成长。这都是可堪回味和怀念的时光，我们共同爱好金融文学之激情，仍将盎然地生长在我们追求的土地上。

二〇一三年五月，中国金融作协被中国作协批准为团体会员。原本由中直机关和各省市作协管理的中国作协会员，他们的会籍自然归到金融作协名下。了解和关注全国金融系统重点作家和作品，也是我工作的重点之一。符浩勇先生系中国作协会员，海南省作家协会副主席，现在人民银行海南省一家市支行供职，创作成果丰硕，曾在《人民文学》《小说界》《北京文学》《天涯》等全国九十多家重要文学报刊上发表小说、散文、诗歌和文学评论，著有长篇小说《四英岭人家》，小说集《不懂哭你就瞎了》《飘逝的紫围巾》《快乐都去哪了》，诗集《城里没有故乡的月亮》，文学评论集《小小说的海岛证词》等二十六部。多次获得国内重要奖项。几年间，我至少读了浩勇的八部作品，如长篇小说《四英岭人家》和小说集《无处安放的花瓶》《黎明没有岸》《你独自怎可温暖》等，他的作品如他为人处事一样真诚、睿智，每次读来都令我感动或产生新的思悟。

作为一个也是编故事写小说之人，一般很难被别人写的故事所左右。我一直认为长篇小说《四英岭人家》是浩勇的心血之作，会抓人心的魔力之作。但我读罢《失语的秋天》，同样抚卷叹息，仰头沉思。我被浩勇展现的深厚的文学素养和艺术张力所吸引，被他引诱到那虚构的小说家园，而不能自拔。千百年来，文学为何吸引人、教人喜欢？

因为文学是人类当今的精神家园、感情的港湾和灵魂的栖息地。《失语的秋天》这部作品的魅力之所在，正是让人守望的家园、温暖的港湾和寄托的归属地。同时，不难看出，浩勇将自己丰富的经历、阅历、知识和人生的经验，特别是超常的想象力，毫无保留地演绎成看似简朴却是充满智慧与热量的艺术境界，直抵读者心灵，使之与那些已经发生、正在发生或可能发生的故事，产生共鸣。如同一座高山密林中渗透出来的晶莹剔透的细水，从四面八方而来，汇聚成淙淙溪流，流向远方，滋养田野。这也是浩勇小说的睿智可贵之处。

这部《失语的秋天》与浩勇以往出版的小说集相比，我以为有三个鲜明特点。一是在题材选择上，收录的二十篇小说都是金融题材，几乎反映了当代中国金融业的各个层次与侧面，构成了一幅金融生活的艺术长卷。其内核，用行业术语来表达，就是“点多面广战线长”，内容相当丰富，不仅突出了银行业，涉及保险业、证券业，还深入描绘了现代重要金融工具的当铺行业。二是在人物的塑造上，既有银行的行长、副行长、信贷科长、营业所和信用社主任、信贷员、会计出纳员，也有保险、证券、当铺的经理、推销员、操作员、店员等，读起来也十分亲切。这些人物，可以满足了各个层次的读者对金融业的好奇心和再认识，从而增添了这部作品的厚重。即便是短篇小说或小小说，触及的也是小人物，但大多人物塑造得比较完美，形象丰满、个性突出，加上推进的节奏把握得当，通常把一个看似没有故事的故事，讲得活灵活现的。这是每一个好的小说家的基本特质——镇定与从容，让你找不到小说虚构的痕迹和编造的技巧，做得特别聪颖。三是在艺术表现手法上，我欣赏作者匠心独运的艺术构建，时常有一种危峰突起、江河横流的感觉。同时，娴熟地运用了对比、铺垫、暗示、伏笔、悬念和时空转换等手法，给人留下韵味绵长的想象空间，富有艺术感染力。这也显示了浩勇高超的写作技巧和艺术造诣。

此外，必须提及的是，浩勇《失语的秋天》是一部让金融题材创作回暖的书。金融题材小说不是每位专业作家能写得通透，也不是每位身处金融行业的作家能写得富有艺术特色的。在我看来，当下金融题材小说有两种情形，一是业内作家写金融题材小说，尤其是中短篇小说，很容易走进专业技术的泥潭。金融术语多、业务叙述得多，人物、环境艺术描写得少，越写越像业务报告、工作总结甚至员工培训教材，甚至作者弄到最后自己也闹不清是不是小说。而浩勇这部《失语的秋天》处理得相当好，画龙点睛式的，看似用的大白话，但言下之意，弦外之音，多有留白。二是专业作家写金融，包括外国的一些金融题材作品，所揭示的常常是金融的黑洞、金钱的罪恶和金融人的犯罪，似乎衍生出来一种金融犯罪文学了。其实，那也仅仅是金融市场的一种现象，局部的、表象的、浅层的，而非本质。金融和金融人的本质，恰如《失语的秋天》中多篇小说描写和寓意的那样，更多是资源、财富，智慧和博爱，为人类生存带来光明与温暖。

是为序。

二〇一六年四月

真诚的文学人

——陈苏鸣《一个银行人的日记》序

今年三月中旬，我在西安参加中国作协举办的社联会议，虽说春风已经爬上了街旁的树梢，但料峭的寒气依然阴冷逼人。好在室内暖气充足，安于晚间读书休息。午夜时分，突然接到陈苏鸣先生来电，没等我开口，他就笑哈哈地说，老兄没有打扰你吧，啊，打扰了你也没办法了。还是一口地道的连云港味儿，快人快语，虽然我们老家相隔七十来公里，讲得快了还真听不懂。我说你讲普通话吧，他又哈哈笑，说，我跟你讲的就是普通话了。十分有趣。他说他来北京出差，先聊聊，我们再见面。他依然笑，那种爽朗真诚的笑声。

我俩是那种即便十年不通音讯，一朝相遇，也有说不完话的好友。

三十年前一个炎热的夏天，农行江苏省分行在连云港市行干校搞了一次金融文学笔会，他既是组织者也是参加笔会的作者，虽说与这位英俊的大个子头一回相识，可他的名字早已知晓，苏鸣不仅在金融理论研究方面小有建树，还发表大量通讯文章和散文作品。

夏日天长，吃罢工作晚餐，太阳还老高。市农行干校有个篮球场，苏鸣怀抱两只篮球来，让我们几位打打球活动活动，有助消化，私下里再请我们去看看港城夜景，顺便在海边喝点啤酒，尝尝当地特色小吃，以尽地主之谊。

说是小吃，端上来的却是铅盆装的美食，海螃蟹、海虾、海鱼、海藻，还有各种贝类，满满一桌子。风，吹散白天的热浪，面对浩瀚无际的海面，看月光下涌动的海浪，听阵阵抒情般的涛声。我们聊金融，聊文学，聊家庭，聊人生的志向，聊各种趣闻逸事。从戌时的落潮，喝到丑时的涨潮，我们把两箱啤酒喝个精光。空着的啤酒瓶子一排排躺在银白的海滩上，直到月亮已经甩西了，还是意犹未尽。

记忆，总是那么清晰而温暖，青春勃勃的岁月。

从西安回到北京，苏鸣纪实散文集《一个银行人的日记》打印稿，整齐地摆在我办公桌的案头。手一掂，好家伙，足有十来斤重。打开电子邮箱再一看，洋洋洒洒，电子版近六十万字。苏鸣将发表和未发表过的散文作品，积集成集。他说只是一部分，打算出版三本书，一本本地出。多年未见，苏鸣干出了如此丰厚的文学成绩，令人欣慰。

苏鸣十九岁考入银行，从银行的基层营业所的记账员、会计员、信贷员干起，一干就是四十年。漫漫长路，一往无前，矢志不渝，一生中最宝贵美好的时光，献给金融事业。这本书，既是他的人生经历、阅历、经验的记述，也展现了风起云涌的金融改革发展的历程，记录了人民银行分设、农业发展银行分设、农村信用社与农行脱钩，城市商业银行重组和农村商业银行股份制改造等重大金融历史事件；记述了一个踏入社会懵懂的少年，成长为忠诚、执着、有担当的基层金融机构领导人的人生旅程。他是金融改革发展的受益人，也是波澜壮阔新时代变革的参与者、见证者，更是一位真诚的历史记述者。

纪实文学作品莫过于真诚。

是的，有句老话，叫作言为心声，文如其人。读罢书稿，就是不熟悉陈苏鸣，也能读出他是一位真诚的文学人。

这本书真实地反映了金融变革历史。看得出，《一个银行人的日记》是苏鸣从日积月累，几十年工作生活日记伸展而来的，它翔实、真切、可读。在他个人真实的经历中，折射出一个区域金融发展史的真实构架与行进的概貌，通过他的艺术演进，上升为文学的纪实，具有一定的史料价值。

真诚地吐露自己的心声，也是这本书非常难得之处。在纪实文学创作中，人物的内心述说，能否执着于心灵过滤与提纯的真情，是每个纪实作者的难点也是痛处。而苏鸣在描摹的故事中，不回避、不虚伪、不粉饰、不做作，不伤害、坦坦荡荡，做一个真诚的自己，抱负、守望、孤独、委屈，甚至犹豫、彷徨等，敞开心扉，跃然纸上。时或慷慨激昂，时或低沉委婉，时或喜形于色，时或海阔天空，痛快淋漓地表述自己真实的内心世界，所以，这本书具有较高的阅读价值。

据我所知，《一个银行人的日记》五易其稿，最后成书三十四万字，做了大量的删改，都是苏鸣在工作的业余空隙间进行的。金融作家都是业余从事文学创作，要写作，就要花费比别人更多、更为艰辛的艺术劳动。他将业余时间充分利用起来，以初恋般的热情和苦行僧的意志投入创作。在别人停下来休息的时候，继续前行。全国银行、保险、证券及非银行金融机构有一千一百多万从业人员，成为金融作协会员的只有九百多人，苏鸣是其中一员。多少个不眠之夜，苏鸣从太阳下山的傍晚到东方发白的黎明，花费了无数心血。真诚地对待这部作品，这是对读者负责任的态度，也为这本书增添了极好的亮色。

人性的真实，作品的真切，作者的真诚，充满人性关怀，这是一部日记式的行业文学作品，值得期待的书。

二〇一九年十一月

缘于心中的眷恋

——长篇小说《奔腾的灌江》同刊创作谈

因为眷恋，才有《奔腾的灌江》这部长篇小说。

这些年，让我一想起来就感到温暖的有两个地方，一个是苏北盐城的老家，一个是付出青春和热血的农业银行。老家是我的衣胞之地，留下我儿时的梦和稚嫩的足音。农业银行是我工作了十三年的老单位，一九九九年十月剥离组建了中国长城资产，我从总行被选调到公司总部。时至今天，我在金融系统已经工作了二十八个年头。人的一生能有几个二十八年呢？

故乡，始终是一个解不开的结。前后加起来，居住在北方这座城市二十六年了。可是常常有一种身子悬在半空、脚不着地、客居他乡的感觉。最喜欢吃的还是家乡的菜，习惯了大块吃肉、大杯喝酒，最动听的还是旁人难懂的乡音，说得最顺口的也仍然是老家带些侉腔侉调的土语方言。老家令人魂牵梦萦。而对农业银行我始终充满感情，是农业银行发现了我并培养了我。从灌江边上最为基层的单位，我一步能走到北京的总行，得到过许多良师益友的关怀、指导与真诚的帮助。我的人生几次重大转折，也是在此期间完成的。我是一个幸运的人，也是一个恋旧感恩之人。

不可否认，创作这部小说带有我感戴恩德的倾向。

作者的经历与情感，无疑也会表现在小说人物的塑造、环境的选择与情节的价值取向上。

小说原来的名字是《行长的私事》。到了二〇一二年年初交付一家文学杂志连载时，临时更名为《奔腾的灌江》。说是临时更名也不尽准确。即便小说中蕴含着故乡与银行，到底以人物形象为题还是寓意情感为题，着实犹豫了好些时日。但在最后看稿时还是改了过来。总之，觉得后者更符合小说叙述的主旨，抑或更靠拢我想讲的故事吧。

灌江，并不是虚构的。我的家乡确有一条古称灌江的河流，人们夏天洗澡摸鱼，冬天钻冰下网。江的南岸是座富庶的千年古镇——响水口。古镇被茂密的杨槐树林和发达的沟渠湖泊包围着。春天里槐树的花香飘落满城，秋天时又能见到江岸成片的芦苇花随风摇曳。好似诗意中的一幅画，宁静安详，景致很美。不过，灌江现在叫作灌河了，古镇也是一座群楼林立、商贸兴盛的现代城市的模样。当然，并不妨碍我在这块依恋的故土上虚构我的银行小说。

我委实钟爱这条带有灵性的河流，以及这条河流滋养的土地，和土地上纯朴勤劳、重情仗义的故乡人。

所以，《奔腾的灌江》同我的其他小说一样，大多取材于我所熟悉的家乡金融领域。比如《河与海的交汇处》《蓝色经纬》《坚硬的老墙》等，都是在这块有着江风海潮气息的土地上展开的，也是讲银行人的故事。毕竟，从事金融工作多年，就像饭馆里待久了的一个伙计，虽然没有亲自干过掌勺儿的大厨，但也晓得如何采买食材、如何配菜做菜，写起来比较顺手。一件件熟悉的工作，一张张亲切的面孔，一个个圆润鲜活的故事，不时地跳将出来，使我的想象力得到较好的扩展。

诚然，我对这部作品倾注了心血。

金融行业是个庞大的政策性、专业性较强的技术系统，而人物形象又离不开典型环境的烘托和“真实”细节的支撑，写金融题材小说很容易走进专业技术的泥潭。因此，虽然是虚构的创作，既不可满嘴跑火车，也要让人读得懂，看得明白，了解金融行业一些“门道”。同时，国内外金融题材作品，往往所揭示的是银行的黑洞与金钱的罪恶。其实，金融的本质不是黑洞也不是罪恶，更多是智慧和财富，为人类带来光明与温暖。而人与人之间，更多的也是善良和仁爱。这是我在创作中所坚持的。

在写这部小说之初，有两点觉得很纠结。一是故事脉络的伸延，以往是双线或者多线组合推进，写起来比较习惯和轻松。这一部不仅是单线情节，而且通过主要人物的五官感受描述事件。就像弹琴，一个指头比多个指头要累得多。何况，不是专业创作，时间上难以保证，断断续续地，会使故事产生支离感。二是人性、情爱描述的深度把握上，包含对生命的体验，较自己以往的小说均有较大的合理的突破。

好在这部小说的连载期间及其之后，反响良好，得到了读者的厚爱，得到了金融界领导同事和文学界师友们的肯定与鼓励。著名文学评论家何镇邦先生说：“《奔腾的灌江》是一幅故乡的山水画卷，是一曲金融人的情性之歌，是一部干净耐读的小说。”我读来倍觉欣慰，也由衷感激。

《长篇小说选刊》用稿之前，我又对作品文字进行了删减与修饰，对场景与情节做了必要补充。与连载的作品略有不同，故此说明。

心中的眷恋，应该是我创作这部小说最初的冲动。另外，加入中国作家协会二十年了，有十六年时间几乎完全中断了文学创作，对于当年还算年轻的会员来说，有点儿太不像话了。还有，尽管不以稿费度日，但写作可以远离尘嚣和浮躁，领悟人生，为自己也为喜欢这部小说的朋友，营建一个精神居所吧。

尽管长篇创作很累又熬人，但无论怎样，我还会追随文学的脚步继续写下去。

二〇一四年十月

写文章随想

这些天，想写点东西，却始终坐不住，安静不下来，难以排解一股浮躁之气。我一直在想，无论是谁，当一种危及生计的情势，间接或者直接袭击你的时候，还能心如止水吗？多少年积蓄点微薄铜钿，在那个叫作股市的虚拟世界，一夜之间，尺长变成寸短。原来能买上四个轱辘的车子，现在勉强买到一只轮胎，别说一介布衣了，即便得道高僧，也难能坐禅入定。假使他老人家也要吃饭穿衣的话。

隔着一条西二环，那边就是金融街。敞开窗子，望见成片茁壮成长的楼们，望见东南方向那幢青灰色楼顶上，一块显赫的牌子，那是令亿万股民仰之弥高的招牌啊，却被两只麻雀踩在脚下。雀儿一大一小，大肥小瘦，开始还是纵情放歌，一副恩恩爱爱的样子，一会儿却打斗起来，不知是为情所累还是为物所争，叽叽喳喳，你追我赶，上下翻飞，羽毛飘飘。倏然间，又冲向天际，在视野的尽头，无影无踪。

“静故了群动，空故纳万境”，这个道理我懂。做时就难了。

说到静心写文章，不能不想到陆机先生。他写过一篇《文赋》，教人如何作文的诲书。陆机先生是吴人，算起来也是老乡，不过岁数比我们大，要大到一千七百岁吧。学过汉语言文学的，或者读过《三国演义》的朋友，肯定知道他，以及他爷爷东吴丞相陆逊，他爹大司马陆抗。陆机打仗怎样，书里没说，只说“十四岁父亡，分领父兵，作门牙将”而已，不敢妄谈。

公元二百八十一年，西晋灭吴后，他同弟弟陆云在家闭门读书。亡国之臣，心气不顺，大概也写不出文章，唯有读书，消遣吧。就这样过了好些时日。

后来，西晋文化部门发现了他们，一纸令书，兄弟二人直赴京师洛阳。时任西晋文化部长兼作协主席叫张华。“华素重其名，如旧相识。”张华早就知晓陆机兄弟二人的大名，敬重有加，跟老熟人似的，见了面，张华如获至宝，分外热情。一手握一个，高兴地对兄弟俩说：“伐吴之役，利获二俊。”又道：你们也别记恨，过去的成了历史，同读史书一样，翻了篇了。现在我们都是一家人，你们应将发展晋国文化事业为己任。云云。

陆机真的没负重望，经过多年苦心经营，成为西晋文化的一面猎猎旗帜，至今仍影响着中华文化的传承。我估计，那个时候陆机的心情恢复得不错。一方面张华把他们安排得吃住不愁，生活无忧，另一方面，他们单位没什么杂事儿，比较轻闲。而最为重要的是，不用揪心股市，不担心大盘指数的滑落。所以没了浮躁之气，能够静下心来，做点文字工作，才写出那部读它千遍也不厌倦的《文赋》来。

如果喜欢写作的话，读一读《文赋》会有裨益。

陆机是继秦汉、三国之后，承接东西晋、南北朝文化的代表人物。他说“其始也，皆收视反听，耽思傍讯……”。就是说，当你的心境达到一种不受外界影响，不受功名诱惑的境界，才能站在穷极高远的空间，构思出优美的作品。他还说，文学来源于生活，“遵四时以叹逝，瞻万物而思纷；悲落叶于尽秋，喜柔条于芳春”，一部作品，它是客观自然景物对作者主观心灵的反应。没有诗意的情怀，春秋更迭无所谓悲喜；没有生命的体验，哪里明白落叶之悲秋；没有生活的积淀，也无生机勃发的文字。即便写出来，也是矫情文章。这就是辛弃疾所讲的“为赋新词强说愁”的意思。

矫情文章，缺少生活的风吹雨打和岁月的晨霜晚露，苍白的作品，不能不说是一种值得关注的文学现象。

这几年没少炒作少年作家。前些年提出“80后作家”概念，现在又说“90后作家”了。这帮子成年人，出于不同的目的，总将他们冠以新生代。把几岁、十几岁的孩子，炒作成诗人、作家，害莫大焉。按常规，十五岁习诗，二十岁作散文，二十五岁写小说，三十岁札记杂论，能出好的文章。我指的是优秀的文学作品。

文学这东西，是要积累的。诗，表现为一个一个点。散文，记述一条一条线。小说是生活，它是为人处事之道，酸苦甘辛咸，五味杂陈的一张大网。而札记杂论要通晓古今，杂采百家，一箩筐一箩筐的。

骆宾王七岁咏颂千古传唱的《鹅》，有没有旁人帮他斧正，存疑无考。但他后续的《为徐敬业讨武曌檄》《帝京篇》《畴昔篇》，已经证明他是一个超级神童。王勃成十六七岁作《送杜少府之任蜀州》，可信，符合古今成才规律，他的《滕王阁序》《乾元殿颂》《王子安集》，也表明他是一位少年成名的大文学家。而我们这些神童诗人作家呢，昙花一现，很快消失了，亦如成人帮着点燃一支炮仗，围观者鼓噪起哄，待响声过后，再无下文。

说几岁十几岁的娃娃就能写出小说来，要么无知，要么心有杂念，要么睁眼说瞎话。小说跟其他手艺活儿还不一样，十岁成书法家、美术家，我倒无疑。家有师尊，与生禀赋，且熟能生巧，如王羲之。小说是什么，它是苦涩的土壤里长出来的一朵倔强之花。它需要生活与文化的沉积，悲天悯人的情怀，甚至肝肠寸断、生离死别的生命体验哪。

我也曾看过几本少年大作，朋友先后推荐的。起初兴致勃勃，可是翻了几页，便随手放下，不忍卒读。为赠者尊，束之高阁。写的什么？人说牙痛，他说嘴肿，人说愁啊，他就皱起眉头……不是模仿，就是抄袭。有多少“悲落叶于尽秋，喜柔条于芳春”的个人体验，又有多少能够表述有关哲学的、文学的、宗教的、信仰的、思想的、文化的、生活的、生命的学识与常识呢。少年的才气理当肯定。不是说孩子就写不出好作品，不过，就像会煮饭的孩子不妨成为厨师，但还不是厨师一样，主要因为他们的心智还不成熟，经历阅历欠薄，功力不足，火候不逮。如同烧开水，锅刚架起，水才温手，还需添柴，烧到沸点方能泡茶。

揠苗助长，得不偿失。

就在炒作娃娃作品的风头还未过去，有人提出要让娃娃们进入作家协会。不免生要出许多热闹的歧义来。

每天晚上，我有个习惯，喜欢歪在床上，就着乳白色的灯光，读书看报，睡前心灵按摩一阵子，不失为一种舒坦的入眠方式。北京晚报是必看的，特别喜欢当代论语的栏目，因为敢说话，敢为老百姓说话，虽然点到为止，还是过瘾。

可是近来好像不对味儿了。或是我视野不宽，或是我因循守旧了。上个月月初吧，具体日期没记清楚，刊登了一篇题名《作协更应协作》的短文，说的是某个省级作协准备推荐几名十几岁孩子，或称少年写手，为中国作协会员。当然是被否决了。由此，该文提出异议，认为人家孩子都出书了，报纸上都登了消息，产生了影响，就理当加入中国作协，而不该被否决。此文还说你中国作协不过是个群众性组织，不该制止而应联系更广大群众，等等。给人的感觉是，只要会写字、能出书、媒体发了书讯的群众，都应该进作协一样。

作家是个啥？《辞源》释义：作家，原指“治家”的人，《三国志·杨戏传》曰，“请为明公以作家譬之”，即管理家务之意。

到了唐代，作家才有了真正意义上的称谓，即“文学艺术上的成绩卓著者”，并沿袭至今。北宋《太平广记》记载，“唐宰相王玙好与人作碑志，有送润毫者，误叩右丞王维门，维曰，‘大作家在那边’”。这就是现今称作家的由来。

《辞海》释义：明代《麓堂诗话》刊录，“唐之盛时，称作家在选列者，大抵多秦晋之人也”。其意是说，盛唐年代选列出来的作家，以陕西山西人居多。作家，是指从事文学创作有成就的人。作家是思想、学识、见识、文采、文学素养及生活阅历、感悟之总和。

古代文学家荀况说过，“人之于文学也，犹玉之于琢磨也”；现当代文学家巴金说过，作家就是“写到死、改到死，用辛勤的修改来弥补自己作品的漏洞”；也有名作家说过，“作家是我的信仰，而非职业”。

关键的是，作家以作品说话。成人如此，少年写手亦如是。买个书号，自费出书，干部题字，名人作序，然后发车马费、上稿费，拉一帮人来捧场，举行个大作首发仪式，就有理由加入作家协会了吗？别把好端端的少年，以后可能在文学上有些出息的孩子，带上歪路，引入歧途。

作家只是一种资格而已。

作协会员证并不是一张万能的身份证，但是作协之门，也不是谁都可以轻松推门而入的。有些艺人，每年都在春节晚会上露脸，说的段子能让人笑断肠子，影响够大吧。可那本子不是他创作的，只能说他的戏演得了，进不了作协。否则，会员资格评审组那帮子专家，岂不是吃白相饭了。当然了，不排除从门缝钻进来的。作家协会是写文章人的汇集之地，不免鱼龙混杂，良莠不齐，一筐新鲜光亮的枣子，总能挑出几颗瘪的、烂的。作协也不是一块佛门净土，何况寺庙里边也有真假和尚，有些人并非真心参禅。

前阵子，有人高调宣布退出中国作协，一时间，闹得沸沸扬扬。几乎一边倒的腔调，说作协不太行了，早就该撤销关门了，有的说你看呀，就连某人也不愿意做作家。其实，大可不必。没人拉你进去，也没人拦你出来，吆喝个啥。你原先争着填志愿，找人推荐，兴冲冲地。自以为贴上身价标签，不想做会员你就出来呗，章程里写得明明白白，退会自由。就像一个三流演戏的演员，弄出点儿动静来，引人耳目罢了。

作家是个褒义词，也是别人的溢美之言。我想绝大多数写文章的会员，很是珍惜来之不易的荣誉。

恰如同道所言，作家是一种信仰追求，如同僧苦行一心向佛，也似犹玉雕凿，孜孜一生。

是的，文学是寻求人生价值的一种方式。那么，对写文章的人而言，价值在于你挂在墙上之后，还有人读你的书，念你的好。

二〇〇七年九月

金融文学漫谈

一个作家是否具有深厚的文学理论素养，其作品艺术含量是完全不一样的。尤其我们这帮子行业作家，野路上来的，几乎全是半路出家的草根子，生活积累有了，文学经验也还行，就是文学理论上明显不足，一腿长一腿短，走起路来不稳当。文学理论不是在作家的经历经验中，而是在作家血液里，浸透在字里行间。

金秋时节，全国金融作家们收获了许多成果，为召开这次金融文学理论座谈会做了良好的铺垫。值此，我们坐下来专门讨论金融文学，恰逢其时。

金融文学从孕育成长，到成立了金融作家组织的中国金融作家协会，且为中国作协团体会员，以新兴的文学题材，跻身于中国文学之林。之所以能有今天的昌茂之势，得益于国家改革开放的开明决策和经济文化大繁荣大发展的气象，得益于中国银监会及中国金融工会的悉心支持；重要的是有陈炜先生、王祁先生等组织者的远见目光，他们是金融作协的奠基人、砌墙造房的工匠；还有一批倾心于文学的作家作者，持之以恒，辛勤笔耕，形成今天不断壮大、快速发展的局面。

这既是金融改革之文化硕果，也是金融文化发展中的里程碑。

二十多年前，我受时任江苏农村金融学会秘书长张鉴先生邀约，写过一篇关于《试析金融文学创作的制约因素》的文章，也谈了金融文学理论、创作与发展问题，当时也是就事论事，有感而发，没想过哪家银行成立作协组织，更没想过成立中国金融作家协会。如今，金融文学大旗猎猎，真的是今是昨非，今非昔比。

虽然我加入中国作协比在座的都要早些，只因忙于单位工作，中断的十几个的文学创作，没写新东西，很惭愧。但是会议组织者陈炜部长非要我发言不可，作为金融文学的作者、读者和其成长的见证人，有责任和义务，就金融文学的孕育成长过程、几个理论问题，做些归纳与探索，针对创作实际，提出几点不成熟的建议。以期更多的专家作家参与讨论研究。

一

一九七八年年底，我国推行全面经济金融体制改革。从一九七九年起，金融体制改革实施了一系列重大举措，比如，相继恢复了中国农业银行、中国银行、中国建设银行，成立了中国工商银行，重新组建交通银行，恢复了保险公司和“三农”性质的农村信用社；新发展了城市信用社和各种信托投资公司、证券公司、租赁公司，中外合资银行、外资银行等，彻底改变了金融“大一统”模式，建立了以中央银行为核心，以四大专业银行为主体，多种金融机构并存的金融组织体系。随着波澜壮阔的中国市场经济改革的深入推进，金融逐步成为经济的核心，其推动中国经济快速发展的发动机作用日趋显现，金融在我国的政治、经济、文化等领域地位，也得到了空前提高。尤其是，证券投资、信托理财、期货典当等，从前与我们几乎没有关系的金融产品，也成了民众生活中的重大事项。同时，这种走出旧的金融体制，解放思想，使全国各级行司的金融员工，释放和激发出史无前例的能量与热情，为金融文学的创作提供了活生生的素材，也为金融文学的孕育，提供了肥沃的土壤。

改革开放初期，各种文学思潮和创作题材，流派纷呈、佳作涌现。比如，反思文学、伤痕文学、改革文学、行业文学、产业文学，代表作有张洁的《沉重的翅膀》、贾平凹的《浮躁》、蒋子龙的《开拓者》、路遥的《平凡的世界》、刘心武的《班主任》等。这些作品，主要揭示旧体制的种种弊端，强调改革的历史必然性，叱咤风云的"开拓者"与保守势力的尖锐冲突，构成了这一时期改革文学的基本框架。这样新文学时代，为金融文学的孕育，提供了学习借鉴的条件和优沃的外部环境。

在新时期文学突起带动和金融改革对人们旧的观念产生强大冲击下，以及金融系统广大员工投身改革、勇于奉献的精神，金融生活中产生了无数可歌可泣的故事，震撼着金融员工的柔软心灵，搅动金融系统文学青年的视觉神经。那一时间，金融界文学青年纷纷操刀提笔，踊跃投身于文学创作，形象地记录和展现了金融人的精神，讴歌这一伟大的金融变革时代。大量金融题材的诗歌、散文、小说、报告文学等作品，出现在全国文学报刊和影视中。据我所知，比如小说类，有王祁的《行长将出庭作证》、陈立新的《刀技》、杨海滨的《伍佰里》、袁先行的《影子》、杨树明的《旧贷纪事》、胡炜民的《行长的故事》、房连水的《钱这东西》、符浩勇的《四英岭人家》、周慧敏的《捐款》、马忠静的《秋之惑》、王张应的《家书》，还有我本人的《河与海的交汇处》和《蓝色经纬》等；长篇报告文学有韩晓、杨建莹合作的《白条冲击波》等，在金融系统内外，产生了较大的反响。标志着金融文学犹如一株柔嫩的小苗，破土而出了。

这一时期，姑且称之为金融文学的孕育期，雏形吧。

二

金融文学刊物，不仅是发表金融题材作品、传播金融理念、倡导金融精神、展现金融人文关怀和反映金融现实的阵地，更是团结作者、培养作者和读者的重要的基地。为呼应金融改革的节奏，金融系统先后诞生多家文学刊物，为金融文学的孕育与成长，起到推波助澜作用。

主要介绍《金潮》《金融作家》和《神州金苑》三家杂志。

《金潮》于一九八八年创办。当时拥有一百六十多万员工的中国农业银行，在湖北黄冈诞生了以刊发金融题材为主的文学刊物。《金潮》由农总行工会、湖北省分行和黄冈地区中心支行合办，国家新闻出版署正式批准的金融文学期刊。总行和分行只是给予政策上的支持，实际上，由黄冈农行行长赵清宇先生发起创办，起初编辑部只有两人，李汝舟先生担任主编，袁先行先生为责编。该刊物得到了叶君健、秦兆阳等老一辈作家、编辑家和文学理论家的指导，发表了许多有思想深度和艺术水平的金融文学作品，培养了一批金融文学作者和爱好者，其中，一些包括我在内的作者，先后被省级作协和中国作协发展为会员。该刊首次提出“银行人写银行人”这一新型的金融文学概念。刊址，先后在湖北黄冈、武汉，北京。一九九七年停刊，历时近十年。应该是中国当代文学史上影响深远，又具有重要开创性标志的金融文学期刊。

《金融作家》由农总行一九九四年九月筹建，一九九五年三月与内蒙古作协联合创办的、公开发行的大型文学期刊。总策划人为周继太先生，扎拉嘎胡、王祁任主编，刊物顾问由王蒙先生、李国文先生、崔道怡先生、扎拉嘎胡先生、何镇邦先生等作家、编辑家和文学评论家组成。我作为创刊执行人，在创刊期间，得到了汪曾祺、何镇邦、李国文、崔道怡等前辈悉心指导。汪老欣然为我们题写《金融作家》刊名，并绕有兴致地为创刊号题词："辩为盐铁论，文似金锉刀"，留下珍贵墨宝，勉励创办金融文学刊物和寄望金融文学的成长。

虽然没出几期就停办了，不过，至少有两点，对现今金融文学有着深刻的影响。其一，表明金融机构高层倡导员工业余文学创作，其二，将"银行人写银行"的创作理念上升到"金融人写金融人"，这是重要的理论突破。

二〇〇九年，《金融作家》复用刊名，不久更名为《金融文学》，银行业协会不再主管之后，该刊转为独立经营，愿越办越好。

《神州金苑》于一九九六年在长沙创刊，这是一份由中国金融工会和湖南株洲金融学会联合主办的综合性文学艺术刊物。刊载了反映和激励金融人生活的书法、美术、词曲等作品，也发表了反映当时金融改革现实、展现金融人情怀的诗歌、小说和文学剧本。出了六期之后停刊。

除此之外，还有一九八八年农行响水县支行创办的《银海花絮》等金融文学类报纸。其实，当时各家行司及其分支机构内部的金融研究刊物，也都设文学副刊专栏，专门发表金融作家作者的文学作品。这些刊物和报纸，无论存续时间长短，对金融文学的成长和金融作家的培养，应该说，发挥了至关重要的作用。

三

大凡一件新兴的文学事物诞生，就应有一套理论来支撑。那么，既然叫作金融文学，就有必要建立一个金融文学的基本理论框架，厘清什么才是金融文学。

纵观中国文学史乃至世界文学史，是找不到“金融文学”一词的。不是说没有金融文学，而是叫法不一样。早在二十世纪初，美国第一次经济危机、金融风暴前后，和“二战”后的日本，以金融题材的小说作品，纷纷登上文学舞台，并逐渐成为当代文学主流。代表作家作品有美国西奥多·德莱塞的《金融家》《美国的悲剧》，日本城山三郎的《日本银行》《金融腐蚀岛》等。他们归类于商业小说、商业悬疑惊悚小说，或财经小说，而在金融文学概念的理解上，也有点区别。

改革开放初期，中国文坛上出现了“金融文学”，无疑是中国文学史上的一大创举。然而，它的概念一直比较模糊，它的内容，抑或有了界定，也比较抽象。什么叫作金融文学，金融文学的孕育成长、基本含义、特征特点是什么？应该是金融文学创作和理论研究不可逾越的命题。任何一种文学形式的创作实践，都要有理论来支撑的，反过来又丰富这种理论。

金融文学概念是《金潮》杂志首创,《金融作家》杂志进行了补充。应该分两个阶段：第一阶段，早在一九八八年《金潮》创刊之始，该刊物就标注为“中国唯一的金融文学刊物”，金融文学定义为“银行人写银行人”，再外延到“金融人写金融人”。这是金融文学最初的简单概念。而没有专门组织研讨会，也没有人从金融文学理论上加以必要的概括和阐述。初始的文学实践中，金融题材主要作者是各家银行（信用社）的员工，所反映的也是银行人的生活。第二阶段，是在之后的几年间，尽管没有作为一个讨论课题，进行深入研究，不过，金融文学的作者、刊物编辑们，已经认识到这一问题，对金融文学含义的理解有了一定的提升。到了一九九五年，《金融作家》创刊时，提出："金融文学，就是以金融行业的人物为原形，以金融行业的故事、情感为素材创作的文学作品。金融文学注重对金融体制深层次问题的思考，注重对金融人物的刻画，试图用文学的形式来演绎金融的历史、甚至反映经济、金融事件……"。这是迄今为止有据可查的定义。虽然，对金融文学的概念有了进一步的归纳，但还是比较宽泛，不足以准确描述金融文学的概念。

文学即人学。这是高尔基一九二八年六月提出的文学命题和对文学的经典性定义，被世界所公认，广为传布。人学是什么？是研究关于人的生命、人的存在、本质及其产生、运动、发展、变化规律的科学。

而金融文学的基本含义，基于"文学即人学"的原理，金融文学也是金融人学。其一，金融文学应该描写和表现的中心对象是金融人。文学描写的物、描写的自然界是人化了的物、人化了的自然界，它们体现了金融人对自己生存环境的态度，它们本身就具有了人的思想感情。因此，物和自然界进入金融文学领域，并不影响金融文学是认识人和反映人这一基本性质。其二，不仅金融文学的描写对象是金融人，而且，文学所反映对象也是金融人及与金融相关联的社会群体。在金融文学领域里，一切都是从人出发，一切都是为了人。其三，金融文学既以金融人为主要对象，在金融文学创作中就应该肯定人的本质力量，体现金融文学对金融人、金融相关联的整个社会的关怀。

因此，金融文学的基本含义，应该是以语言文字为工具，形象化地反映金融客观现实、表现作家对金融的审美意识和心灵世界的艺术，包括小说、诗歌（含旧体诗词、散文诗）、散文杂文、报告文学（含纪实文学、传记文学）、影视文学等。金融文学是金融文化的重要表现形式，以不同的体裁，反映金融人物内心情感与现实命运，再现一定时期、一定地域的金融生活。金融文学作为一种文化样式，具有社会审美意识性质的、凝聚着作家个体体验的语言艺术。

金融文学的基本特征，即指金融文学区别于财经文学、商业文学等其他文学题材的外部独特地方。应该有三点：一是典型的金融人物；二是典型的金融环境；三是典型的金融事件。三者有机联系，形成金融文学特定的标签。典型的金融人物，即：典型金融环境中具有代表性的、表现金融人物特质的、鲜明个性的人物形象。典型的金融环境，即：人物活动的自然环境渲染烘托和社会环境交代，符合金融行业的事件背景。典型的金融事件，即：反映金融题材的故事，贯穿作品的全过程，包括序幕、开端、发展、高潮、结局与尾声。

上述特征就狭义而言。从广义上讲，金融文学属于社会实践活动范畴，与社会鱼水相连、不可割裂。进一步理解为，金融文学作品所塑造的主角应该是金融人，配角是社会群体；作品所映衬的主要背景，是社会生活中的金融生活；作品所展现的主要情节，是社会题材中的金融题材。因此说，只要是符合金融文学的三个特征要素，“典型的金融人、典型的金融环境、典型的金融事件”，不管是谁写的，哪怕是外国人写的作品，都应视为金融题材文学作品。

有人把香港梁凤仪女士的作品，比如《尽在不言中》等归类于金融文学，称茅盾先生的《子夜》是开创了中国金融文学先河等。但我以为，从金融文学的基本特征来看，尽管他们是杰作、巨著，深受人们喜爱的读物，尽管内容也涉及银行、证券、保险、投资、投行，也涉及银行家、金融从业人员和金融投资投机者，但按照金融文学的基本特征来认识，应该属于经济类或商业财经类小说。而《子夜》更是“一部反映大时代的社会矛盾、商业矛盾与大革命斗争的小说”（沈雁冰先生语）。

同时，“金融人写金融人”的提出，尽管它不具备金融文学的基本含义与特征，不过，从传播学意义讲，以简洁的语言产生的一句宣传鼓动式的口号，表明或者号召金融人、金融作家，肩负起一种责任、义务和文学担当。因此，“金融人写金融人”的口号还要喊得再响亮些，传播得更远些。

如果说金融文学的三个特征是外在的、一眼即可分辨的，那么，它的特点，就是金融文学内在的独特的地方。

首先创始性。就是第一次完整地反映了金融人、金融环境和金融事件。金融文学是中国文学史上首创的一种新兴的文学题材（或流派），就像新长出来的一枝小花，散发出不同于其他花卉的馨香。其创始性，主要体现在作品中，除上面提到的作品外，还有中长篇小说，比如，王祁的《江渝十五号》，反映银行人对现代生活的感悟；袁先行的《营救》，展现金融人的情操与风骨；闫雪君的《香水沟》，讲述信用社员工酸甜苦辣与敬业精神；付颀的《影子行长》，提出了当下非银行业金融机构监管问题；吴泓英的《穿红马甲的女人》，讲述证券从业人员的奋斗经历；赵宇的《都是重名惹的祸》，记述银行人平凡而充满色彩的生活；李世经的《金融巨子》，记述一个行长成长的足迹；我本人的《奔腾的灌江》，反映国有商业银行股改上市前后的金融现实与金融人对信念的追求等。还有陈一夫的《金融街》、徐建华的《金融风暴》、闫星华的《查账》、牟丕志的《机关小说十题》、何奇的《移民荒原的上海女人》等。这些作品，一定程度上，展现了金融文学的创始意识。

其次实用性。金融文学源于生活，又影响着人们的生活。由于金融作家既是金融文学创作者，又是金融行业劳动者，作品题材不仅涉及银行、证券、保险三大板块，触角还探伸到基金信托、租赁担保、金融资产管理等，而且艺术地展现了文学的实用性，或提出警示和劝诫，或提出经验和借鉴，或鞭挞丑恶和贪腐，或歌颂正义和善美，或判断是非与曲直，或励志人生和净化灵魂。人们通过金融文学作品，在物质生活、精神生活中，往往会做出更为广泛的选择。有的作品反映了银行理财，有的作品反映了保险投资，有的作品反映了股市风险，都体现了金融文学对于现实生活的实用性。有位外国女作家《洗钱》的小说，一时成了人们“合法的逃税的读物”。诚然，金融文学作品的实用性不是教科书，但它的实用性是其他文学题材无法替代的。

再次特殊性。人，之所以喜欢文学，缘于它是人类对万物之美的诠释。由于文学的体裁、题材和受众不一样，各有其独特之处。金融文学的特殊性，在于它所处的位置，是社会经济核心的现代金融，而现代金融所服务社会产品又是不可或缺、其他行业不可替代的，牵涉到国民经济全局，影响到整个社会的稳定，与大到国家利益、民族利益，小到每个人利益密切相关。金融文学通过艺术形式，在影响大众生活选择的同时，艺术地揭开金融神秘的面纱，对金融产品信息的不对称性，作了一定的补充，比如，披露各行各司关键部位的“核心秘密”和“内幕”等，一定程度满足人们对金融的窥视心、好奇心。同时，金融文学以其重特殊性，填补了中国文学的空白。

最后专属性。金融本身是专业性较强的技术行业。不是每个作家都能写出金融文学作品来的，也不是在文学作品中，比如商业财经小说，提到了几个金融人物、描写了几个相连事件，就是金融文学的。因为，两者所反映的方向，存在错位。金融文学是从金融的内部，向外反映金融生活的实质，较好地揭示了金融的本源。而一些貌似金融文学的商业财经小说，是站在外面向内看金融的，反映的，只是金融的局部、表象。比如，法国左拉的《金钱》，一部在人物塑造和表现手法上与《子夜》十分相近的伟大作品，即便它写了银行证券、交易所，及股票基金，展现的也仅仅是金融市场的一种现象，而非金融的本质。金融的本质，不是罪恶也不是黑洞，更多是智慧、财富，为人类社会带来光明和温暖。为什么呢？隔行如隔山嘛！由于行业的专属性，无形中，金融题材成了金融作家、创作金融文学的专属空间。

金融文学的孕育、产生、发展，同其他任何新生事物一样，不仅具有明显的外部特征，而且，更具有内在的独特之处。它的创始性、实用性、特殊性、专属性，既是金融文学的特点，也是金融文学的优势所在。正因为凭着它的特点、优势，金融文学才有独树一帜的今天，才没有被当代文学潮流所淹没和替代，才能发掘这块处女地，并保持行进的态势，艰难而努力前行。如果不坚持自己的行业优势与创作题材的特点，就会被别人同质化，被别人替代了。

四

这两年，金融文学队伍不断壮大、题材更加广泛、作品也丰富多彩，取得了长足的进步。但是，由于我们起步晚，不可否认，现实状况中，存在一些不足和问题。尽管是发展中的不足和问题，也应引起重视。主要归纳为“三多三少”现象。

比如，作协会员多，有影响的作家少。

从首批金融作协发展会员数量来看，三百二十人是一支不算小的队伍，而其中国作协会员只有十八人（不完全统计），全国有影响的作家不多。比较其他行业作协，他们不仅中国作协会员多，而且知名作家占有较高比例。据中国作协年报披露，二〇一一年，电力作协会员四百三十九人，中国作协会员四十一人；石油作协会员五百人，中国作协会员四十二人；煤矿作协会员五百二十七人，中国作协会员五十四人，在国内外有影响的作家就有三十多人，老作家有梁东、张枚同、黄树芳等，中青年作家有刘庆邦、荆永鸣、徐迅、叶臻、冯俐等。当然，有影响的作家少，既是我们的不足，也是我们前进的目标。

比如，创作体裁多，有影响的作品少。

什么是有影响的作品呢？就是让读者体验到文学的意味、艺术的美感、悲悯的情怀、人生的经验，为读者提供人生旅途的温暖和光明，并产生广泛的共鸣和社会影响的作品。应该说，现在金融文学创作的体裁，是比较广泛的，诗歌、散文、小说、杂文、报告文学、影视剧本等，基本囊括了主要文学形式。前面也说到，确实有许多金融作家和作品受到金融界、文学界和社会的关注。但是，如果站在高处看，有多少部书是全国影响畅销书，有多少作品发表在《十月》《收获》《中国作家》《人民文学》《诗刊》等核心文学期刊的。不是说，不是畅销书、没上大刊物就不是好作品。司汤达的《红与黑》一百年后才成为名著畅销书呢。起码表明，当下有影响的金融文学作品太少。关起门来自吹自擂，相互吹捧抬轿子，不仅于事无补，而且显得鲁钝。我们对自己要有更高的要求，要有一个共同努力的目标。据了解，公安作协这两年在全国推出了一百部左右的优秀作品，反映人民公安精神，很有反响。值得借鉴。

再比如，创作数量多，高水平的产品少。

今天上午，第二届金融文学奖揭晓并举行了颁奖仪式。这次作品评选，应该是全国金融系统文学作品一次汇展。虽然我不是金融作协成员，但感谢金融工会的信任，邀请我担任小说组的主评委。我总体感觉，质量呈宝塔式，顶尖上有上乘之作，譬如，付颀的《影子行长》、牟丕志的《机关中的机关》、司南的《民国银号》、高瞻的《暗流》等，以及这次部分获奖小说，体现了文学的思想性、艺术性、行业性、现实性的结合。不过，越往塔底，艺术含量越低、文学元素越少，且占有一定比重。就金融小说而论，主要存在五种情形：一是选材宏大，笔力不及，一些重大金融改革题材，或谋篇欠成熟，或笔力不深透，以至于东拉西扯、拼凑成章，还有网上参考的痕迹。虽有好题材，也成平庸之作。二是人物身份雷同、个性单调，削弱了典型环境中鲜明、独特、丰满的人物形象。三是结构和情节布局不当，或结构松散，或节奏凌乱，或信马由缰，枝叶过漫，掩盖了主旨。四是用公文语言讲故事，缺少文采，像领导讲话、工作总结、通讯报道，又像金融业务培训教材。文学，即文采和学问。光有知识而无色彩，作品显得苍白。五是人物对话过于冗长，只顾人物对白，缺少逼真细腻的细节描写，包括人物的性格、肖像、行动、周围环境和自然风物的具体交代，弱化了小说的生动性、真实感和主题的表达。

究其原因，主要有三点：一是阅读面窄、读书量少，文学知识汲取不够。就像营养不良又要疯长的禾苗，必然要枯黄。一个优秀的作者，必定是一个优秀的读者。二是文学训练不够，功底不深，写作经验不足，又有些急功近利，一出手就写大家伙。文学是一门艺术，创作是个工夫活儿，耐得住甘苦、守得住寂寞，日积月累，方可水到渠成。即使一书成名者，也是若干年文学磨炼的结果。三是潜质和素养问题。不是每个喜欢文学写作的人，都能成为诗人、散文家、小说家的。就像喜欢书法、喜欢唱歌，不太可能全成为书法家、艺术家。作家需要具备语言基础、逻辑思维和丰富而独特的想象力。尤其是想象力，潜质与天赋极其重要的，当然也有后天勤奋获得的素养。一个大字不识的民间艺人，凭借天赋，说书三天三夜，还想听他说下去。就是这个道理。

我们应该加大倡导、鼓励、激励、扶持的力度，促进和推动金融文学健康、有序的前行，让更多优秀的金融文学作品进入中国文化市场、进入全国发行渠道。二〇一二年，全国公开出版物有十七万个销售网点，还有遍及全国的分售处。试想，进入全国发行渠道，一个网点放一本书，那就是十分了不得的事情。不仅增加金融文学的覆盖率和影响力，而且，提高全社会对金融文学的认可程度。

与此同时，积极鼓励与倡导在大刊上发表作品。现在正儿八经地在文学杂志上发表作品，比出书难多了。杂志要生存，编辑要脸皮，发表垃圾作品，是要砸自己招牌的，尽管许多杂志社存有问题，但“文学杂志是能够为文学把关仅存的领地”，已经是文学界的基本共识。能够在公开发行的文学刊物发表作品，至少表明一个作者的文学水平与艺术层次。

五

金融作协刚刚成立，路还很长，还面临着许多困难和问题，就像一幢标志性建筑，才刚刚打好地基，完成了主体架构，需要各方支持眷顾，专心致志地做好内部装修。因此，有必要逐步形成一套符合金融文学发展的管理体系和运作机制，推动金融文学事业稳健行进。主要有六点建议：

第一，坚持党对金融文学工作的领导。

首先，坚持政治方向上的领导。自延安文艺座谈会以来，坚持党对文学艺术工作领导，一直是党的文艺工作的基本方针，得到历届中央领导集体的重视。为了加强党对金融文学工作的领导，应选择适当时机，召开一次全国金融文学工作会议，贯彻落实党的文学艺术工作方针，阐明金融文学工作的政治主张、艺术要求和工作方向，促进各级行司和广大文学工作者，提高思想认识、找准文艺方位、把握根本方向，引领金融系统文学艺术工作健康、快速发展。其次，坚持组织建设上的领导。应增强作协领导力量。在保持现有作协领导成员不变的情况下，增加由两会领导或部门领导担任的名誉主席或驻会主席，以便于上传下达，协商内外，沟通左右，增强作协号召力、执行力。应增强秘书处力量。至少有相对专职的工作人员，负责处理秘书处日常事务。作协秘书处可以同《中国金融文学》编辑部合署办公。应指导和支持归口管理。金融作协是由金融工会申报、经中国作协正式批准的专业团体，属于体制内组织。各级金融工会应将金融文学纳入建制内的工作管理与考核范围，成为一项常规性工作。

第二，坚持对作家队伍的关怀。

尊重保护理解作家的创造性、积极性、艰苦性和为金融文化事业的奉献精神。政治上信任、生活上关怀。各级行司对做出突出成绩的作家，应像树立金融先进典型那样，予以宣传表彰。使他们真正感受到党组织的温暖和力量，激励作家为我们这个大变革、大发展的金融时代，创作出更多的文学力作和艺术精品。

第三，进一步加强作协制度建设。

建章立制，是金融作协自身建设的最重要部分，也应该是当前重中之重的工作。为逐步完善运作程序、有条不紊地做好各项工作，至少考虑，建立健全金融作协中长期工作规划；建立和完善秘书处及下设的八个委员会工作制度，明确各部门的职责、权利、义务、工作重点，并有相应的考核机制；建立作协成员与各岗位人员的行为规范；建立优秀作品和重要题材的激励、扶持制度；建立公文管理系统和电子信息联络系统等。

第四，进一步办好会刊、会网，加强创作阵地建设。

作为一名金融文学作者，我也曾做几年文学编辑，创办过文学报纸和参与创办文学杂志，对创作阵地建设的认识比较清楚。客观上讲，阵地是反映金融现实、社会意识、文学理想的平台，而主观上，就是培养人，解决作品发表难、出版难的问题。有了阵地，就能将一帮人拢到一起。积极争取新闻出版署批准刊号，将《中国金融文学》由内部刊物转为公开发行。如果近期不能实现，应即着手考虑重组一家文学期刊，或者用其他方式，如委托代理等，保证会刊公开发行。充分利用好现有的金融作协网站，实行专人管理。可以参照一些作协网站成熟的经验，包括网站策划、网页设计、栏目设计、内容整理、宣传企划、信息发布、会员信息、服务保证等，并明确各个板块责任人。适时考虑设立金融作家出版社或中国金融文学出版社，让优秀的金融文学作品有个出路。适时设立金融文学基金。重视和培养会刊、会网的文学编辑人员，进一步提高会刊、会网的质量，指导和影响创作实践。从金融文学发展的长远考虑，逐步实现会刊、会网商业化公司运作。实行专门团队管理，组稿、约稿、编稿、审稿、稿酬及征订发行等。把会刊、会网真正办成传播金融理念、弘扬金融精神、倡导金融关怀、反映金融现实的阵地和培养金融作家的摇篮。

第五，加强会员服务管理，逐步培养和吸收高水平作家。

严格会员审批程序。坚持作协章程中规定的会员申报入会条件，宁缺毋滥，确保作家应当具备的文学艺术水准。同时，挑选一些有实力和潜力的作协会员，实施重点培养，每年下达指导性的创作计划，提供较为宽松的写作环境，力争在几年内产生全国有影响的金融题材的文学作品。此外，注重吸收外系统作家。包括已经知名作家、文学理论与批评家、文学翻译家、文学编辑和语言文学教育工作者，只要他们愿意，就应及时吸收到金融作家队伍中来。对于金融企业文化的发展，也是件大好事。

第六，强化作协会员培训，逐步提高队伍素质。

我们会员队伍中，只有少数人接受过专业文学训练，大部分还是“单打独斗”，全凭自己的天赋与勤奋，闯出一片天地。加强专业培训，如同竞技体育中的撑竿跳，给他们一根杆子，就能飞越高度。应将专业培训，列入作协的常规性工作。一是作协内部组织培训。现在，金融作家队伍中有许多人在大专院校或文学班开设讲座，应该充分利用好现存的资源，就地取材。二是请进来、走出去。请进来，就是邀请国内有影响的作家、诗人、散文家、评论家，或授课或点评作品，特别注重邀请大型文学期刊和出版社的主要编审来授课，既能增长知识又能联络情感。走出去，就是组织委培代培，或委托鲁迅文学院、大学的语言文学院，专门开设金融作家培训班。应鼓励和委托各级行司，或者有条件的团体会员单位负责培训。三是应加强会员交流，通过各类文学座谈会、创作笔会、作品研讨会、改稿会，交流创作经验，提高文学素质，增强文学修养，为作协会员插上想象的翅膀，让他们的才智和潜质，得到充分展现。

最后有三点希望，也与同行共勉。

其一，做到“六多”。一多读：增加阅读量，博览群书，读国内外的好书，读名著，读获奖作品。读书破万卷，下笔如有神。二多思：写作需要悟性，遇到问题，包括见闻，工作和生活中点滴，都要善想善思。朝思夕计，天成文章。三多求：诚心求教，程门立雪，虚心征求和听取别人意见，哪怕是不同意见，对自己也有裨益。四多记：博闻强记，积累见闻，积累素材，积累故事；同时，对触动心灵的人或事物，或“一闪念”的东西，及时记下来，很可能就是作品中的经典和亮点。五多学：学习借鉴写作方法，主题立意、整体布局、结构设计、人物刻画、场景烘托、细节描写等；尤其注重研习自己喜欢的，同自己语言风格、叙事手法相近的著名作家的作品。文学艺术也是传承的艺术。读《金瓶梅》再读《红楼梦》，就能看到艺术的承接与延伸。就像练书法，也要研习适合自己的欧颜柳赵。六多写：多练多写，熟能生巧，宝剑锋从磨砺出。同时，金融是文学的一块沃土，我们都是工作在金融行业的各个领域和环节，要写自己熟悉的生活、事件与人物，会有事半功倍之效果。

其二，处理好工作与创作关系。工作第一，写作第二。无论你创作了多少作品，或在金融作协兼任什么职务，当好本单位的员工，干好本职工作，是立身之本；当好作家，只是展现人生的附加值。这是业余作家基本特性之一。还要放下自己，协调好关系。作家的头衔既耀眼又刺眼，只有把握得当，方能赢得宽松的写作氛围。

其三，要有文人品德和胸怀。功成不居，荣辱不惊，戒浮躁、戒自喜，明白天外有天。自古以来，真正的作家，真正的文人雅士，应该是道德楷模，正义榜样。对金融作家来说，笔下人物出将入相，自身也需修身养性。作家具有高雅的情操，高尚的品格，才能山高水长，写出优秀的作品来。

二〇一三年十一月

第四辑

乾陵那座山

一座陵园，虽经一千二百多个春秋，却余威四溢，仍然独具王者之气。

在乾县，在离西安八十余公里的梁山上，在多少帝王将相朝代更替，兵燹战乱、刀光剑影和漫漫长夜风雨剥蚀之后，依旧傲踞平原、颐指四方，尽显这位主人生前的专制跋扈与身后的奢侈张扬，那就是如同熟睡的妇人般仰卧于苍穹之下大地之上的乾陵。

我是来寻访历史的陈迹。山峦连绵，群峰突兀。我是来瞻仰历史的巍峨，我是来叩拜唐代的伟大先贤。

在山脚下还是阴沉的天，到了山顶，慢慢云开雾散，阴暗转为明朗。浓云飞度，风拂衣衫。但当踏入乾陵腹地时，陡然阳光普照，清风扑面。沿一条宽而长的坡面石路，弓身而上。越往上走，空气犹新，越有一种步入天际深处之感。憋足几口气，快步来到朱雀门前，虽未大口喘息，却已汗湿股背。站在山顶，蓦然回首，玉带般的渭河，卧龙似的秦岭，雾锁的奇壑，绿铺的平川，葱翠的原野和阳光下灿烂的村庄，一副生动风景的画面，尽收眼底。

我敬服则天皇帝真的是会选地方。选择了亿万年的山，选择了千百年的陵，选择了自然界的鬼斧神工，打造出如此辽远壮阔的天地哟。

史书记载，有隆重墓葬传统的国家，大概要数古埃及法老墓的金字塔和中国历代的帝王陵墓。金字塔与帝王墓，都是陵墓，无非叫法不同而已。但乾陵，集中国历史上所有墓葬文化中的精妙之处，是为，它是中国历史上第一个女皇也是唯一有国号的女皇帝墓，它是绝无仅有的二帝夫妻合葬墓，它有留下无尽想象空间的古今传奇无字碑。

我身在乾陵，四下巡视，试图撩开历史的屏障，想象着曾经气势恢宏的陵园：金碧辉煌的三百七十八间建筑，殿宇与陵墓相连，长廊与亭台相通，画梁与雕栋相映；山下方圆八十里，古木参天，奇松合抱；春天花草芃芃，夏日莲荷艳艳，秋天果实硕硕，冬日白雪皑皑，遍地都是郁勃的颜色；跨过两重坚固的城垣，只见东西南北共置四道壮阔的城门，东门曰青龙，南门曰朱雀，西门曰白虎，北门曰玄武，城楼高挺，角楼茁拔，已是独具规模的乾陵城；还有那常年值守、盔甲不解的八千将士……

然而遭受了黄巢四十万乱军刀砍斧斫之祸，温韬大军围山发掘之难，民国初年军阀以保护乾陵为幌子，率部用枪炮炸药盗掘乾陵之劫，乾陵所有松柏惨遭虐伐，恢宏的殿宇被焚毁殆尽，几近夷为平地，昔日的辉煌早已荡然无存。山丘的周围，皆为近年人工栽培的小树，陵园显得孤寂与寥廓。

仿佛天佑乾陵，天佑宝库。历经数十次大规模盗墓劫难，“惟乾陵，风雨不可发也”，陵墓因固若金汤而得以幸免。那竖立在朱雀门外千百年不倒的无字碑，一块神圣不可侵犯的完整的石料，见证了历史上发生的一切，默默地注视着南方的平原与山冈。好像与我诉说，经历世间的沧桑。也许正是这块没有文字的石碑，无声地记载着历史真相，以及大唐王朝和大周女皇的传奇。

我漫步趋前，虔诚地细看。棱形四锥体侧镌龙凤形的无字碑上，并非无字，浅灰色如镜的碑面，刻画密密麻麻的刀痕，有恶言也有善语，乃是宋人、金人、元人、明人、清人和近代人，无非是“到此一游”的宵小所为。

李显为何只给他娘竖立块光板的石碑，悉读古籍，无从记载，至今仍是个谜。但闻民间猜测，也为莫衷一是，比较流行的说法，大致有三种。一为夸耀说，二为知罪说，三为聪明说。夸耀说，就是武则天认为自己功德无量，伟绩高过云天，大于沧海，书不胜书，不能以竖碑立传来表达；知罪说，便是武则天以为自己罪孽深重，嘱咐李显不要在陵前树什么碑，写什么传了，省得丢人现眼；聪明说，那是武则天不让在她墓前的碑上刻字，有自知之明，自己的功过是非，还是由后人去评说吧。第三种说法也是有代表性的主流观点。

诚然，这些说法都是历代朝野猜度罢了。

但却引起了我探究的兴趣。我寻思着，作为一个出身士官微寒家庭的古代女人，武则天十四岁进宫当才人，到三十一岁便实际掌握了大唐帝国的权力，她是一个多么伟大、了不起的女人啊，在那个以男人为主宰的时代，站在帝国的权力顶峰，要么是勾得天下男人魂魄的女魔鬼，要么是几千年才能出现这么一个才智超群、德满天下的女圣人。二十七岁从感业寺脱下尼姑的素衣回宫，到被高宗立为皇后，仅仅四年的时间，就集政府与军队的权力于一身，成为大唐帝国的事实女皇，这个世界上恐怕是绝无仅有，甚或空前绝后。

我突然产生穿越时空的想法，看看当年怎样了得的则天皇帝。

她作为一个古代政治家，她在腥风血雨中，游刃有余地操纵国家庞大的军队、森严的司法、忠奸的群臣及狼烟四起的诸侯。沉舟侧畔，柳暗花明，她成为后人仰止的胜利者。作为一个目光长远的谋略谋术家，她打击豪门世家族，扶植新兴地主阶级，抑制世族，在政治、经济、军事等方面垄断地位，缓和了社会的矛盾，多么了不起的一个女人。作为被后代颂扬为一代明君的则天皇帝，她用行之有效的手段，来奖励农桑，兴修水利，减轻役赋，整顿均田制，人口迅速增长，让她的臣民们“耕者有其田，居者有其屋”，“路不拾遗，夜不闭户”。这是一副多么美妙的歌舞升平的景象。她开创中国殿试制度先河，庶民与皇子同殿，唯贤是举，不拘一格降人才。她是一个有着理想抱负和德能才干的女皇帝，对大唐帝国后来的开元盛世的形成，付出了超越非凡的智慧。

有如此丰功伟绩又光芒四射的一代女皇，武则天对自己的功劳和德行，不可能没有一篇光彩夺目的碑文的。况且在盛行碑传的唐代，别说寿终正寝的皇帝，即便农村的地主富农，底层的平头百姓，也得写上逝者大略的生平。可这令人捉摸不透的无字碑，留下无尽的犹疑与无数的猜测。

不妨做个大胆的猜想。

我觉得应该有碑文，而且早就撰写停当，并经过则天皇帝亲自过目修改，自然是关照自己一生，精妙绝伦的一篇颂文。武则天当政是“君子满朝”时代，不缺书写铭文碑帖的大文人。比如陈子昂，唐代杰出的诗人、诗歌革新理论家；张柬之是为名相，涉猎经史，进士出身的大诗人；还有李昭德、魏元忠、苏良嗣、狄仁杰、姚崇、宋景等，这些为武则天所信任倚重的大才子。依照唐朝祖制惯例，说不定还成立个碑文写作班子呢。武则天等至自己挂了之后，让她的小子李显照办即可。因此我觉得，既不是民间流传的夸耀说，知罪说，也非聪明说。只是李显没有贯彻落实好他娘的旨意罢了。甚或李显将这篇碑文，同他母亲一起，埋进了梁山上的乾陵。

我坐在几株新栽植小松中间的石材圆凳上，望着阳光下的无字碑和一对盘踞在碑顶的龙凤，呆呆地想着优柔寡断的李显。

李显犯难了。他用了十九年的时间，差不多日日思考，天天为难。也许那些天，李显经常会搞个当朝议事，时不时地召集有分量的老臣们，将难断之事交给三公九卿吧。不曾想这帮大夫们没人敢说话，即使发言，也是王顾左右而言他，明哲保身。皮球还是踢给当今皇上。

作为儿子，如何评价一个篡夺生父皇位、双手占满同宗鲜血的大周皇帝，这样一个违背三纲、相悖五常的母亲呢。在儒家风气浓郁的大唐帝国时代，确是摆在李显面前一道难以破解特别头痛的课题。说自己的老娘好吧，将会成为众矢之的，说自己的老娘坏吧，也非人子所为。更何况，李显同老娘是有仇的。武则天受到后宫的挑唆，以谋反罪逼杀其一对儿女与女婿，此恨难消啊。得了，干脆耍个滑头，树块无字碑了事。至于后人，爱怎么想就怎么想吧。

实际上，对武则天的评价，史书繁密，汗牛充栋。有差评，譬如骆宾王在《为徐敬业讨武曌檄》中用“牝鸡司晨”之类贬词，明末清初思想家王夫之，评价武则天“鬼神之所不容，臣民之所共怨”。《资治通鉴》里也多收录“酷政”的案例。不过在史典中，对武则天更多的则是优评，比如两唐书，又如南宋光禄大夫著名文学家洪迈光书中说，“汉之武帝，唐之武后，不可谓不明”，清代史学家文学家赵翼称其为“女中英主”等。毛泽东先生与人交谈《资治通鉴》时，这样评价武则天：“我也觉得她不仅不简单，简直是了不起。封建社会，女人没有地位，女人当皇帝，人们连想也不敢想。我看过野史，把她写得荒淫得很，恐怕值得商榷。武则天确实是个治国人才，她既有容人之量，又有识人之智，还有用人之术。她提拔过不少人，也杀了不少人。刚刚提拔又杀了的也不少。”到底是伟人，寥寥数语，几乎就将另一个伟人的功过，简短精要地归纳，而且那样贴切与中肯。

我从历史的那头，神游回来，在梁山顶上乘坐一辆仿唐的宫廷马车。马是枣红色的良驹，健壮有力。车是用黄绸包裹的四方形圆顶的篷车，含有天圆地方之意。赶车的虽是位瘦小的山下农村少女，却能熟练地驾驭这匹高头大马。在泛光的黛黑色路面上，雄健的马儿留下一串串节奏的鼓点。马车沿着斜坡山路，向山脚下慢行。

孟夏的黄昏，以其橘红色的光芒，透彻大地的胸膛。脚下这条长长的山路，把那千百年前的辉煌与创伤，深深地埋进这座梁山，埋进了乾陵，埋藏在整个民族的心里。

我明白，我来乾陵，希图与历史老人进行一次跨越时空的交流，希图寻找一解困惑、满意的答案。

我转身回首，定睛瞧一瞧，那座风雨中屹立一千二百多年侧镌龙凤形的无字碑，与这座高峻魁伟的梁山，同这座与天齐寿的乾陵，已经浑然天成，融为一体。熠熠生辉的斜阳中，也在我的心里，光彩闪耀。

二〇〇〇年五月

谁能读懂长恨歌

李纯是个有抱负的皇帝，上位之后，他吸取前朝血与火的教训，广开言路，休养生息，控制皇宫擅权，恢复科举制，政风清明，同时派任一批有才学、有理想的干部，到各地为官，并颁布一系列利国利民的政令，国家一度回到正轨，显现中兴之局。公元八〇五年，宪宗李纯登基，改年号元和。唐朝结束了李隆基以来五十年的战乱，吐蕃势衰，藩镇实力削弱，财政有所好转，国库日渐丰盈，唐王朝复归短暂的统一，史称“元和中兴”。

公元八〇六年腊月初，刚刚考取进士的陈鸿，接到挚友白居易一封热情洋溢的邀请信，来信大意是：陈鸿老兄，我到任周至县上任大半年了，你也不来看看我哈。禀告兄长吧，这几个月我干得很不错哩，分管的行政、司法和财政事务，样样都比较顺手，这堂虽比芝麻还要小点的官儿，做得我蛮惬意的。现在我想你了，你来吧，我还给你引荐一位可爱的小老弟，王十八，也是你的琅琊老乡，你跟他自然也会说得来的。来吧，在周至小住几日，我们再去仙游寺玩玩，别整天老婆孩子热炕头儿的，也要关心关心我这单身汉哦……信没读完，陈鸿就笑出声来。

陈鸿不仅是白居易的好友，也跟白居易的弟弟白行简，不仅是同榜进士，而且也是无话不谈的好哥们儿。陈鸿去年廷试考中了进士，行将赴任太常博士之职，掌管朝廷祭祀之事。正好赋闲在家。

王十八名叫王质夫，在家排行十八，一位文武双全的江湖散人，在仙游寺旁边的蔷薇涧里，自己搭建了两间草房子，过着多年的隐居生活。他同白居易称得上肝胆相照的挚友，小白居易几岁。此时还无名无冠，后来去四川梓潼担任征西将军的幕僚参谋，在军中效力。白居易在县尉任上不到一年，共留下三十九首诗篇，其中就有十三首写王十八的。可见他们的交情非同一般。

尤其是在王质夫和陈鸿的策动之下，诞生了传世之作《长恨歌》。假如说，没有王质夫当年的激劝，很难说白居易的诗赋和陈鸿的诗序问世。这是史书上记载的。

白居易朋友圈，应该是那时权威的也是热闹的文学圈子，置顶的除了王质夫和陈鸿外，还有元稹、韩愈、刘禹锡、张愔等，都是继李白、杜甫之后，中唐文学界的代表人物。

大概王质夫与陈鸿离他最近，白居易就喊他们去玩儿。

陈鸿推开临街小楼窗子，长安城过年的气息，扑面而来。眺望人来人往的大街小巷，居民门前依稀挂上了大红灯笼，初显过年喜庆的迹象。陈鸿看了一眼手中的笺纸，掂了掂，轻轻叠起，想了一会儿，又笑了一阵子。

陈鸿心里清楚得很，白乐天要去仙游寺，应该是祈愿上天赐予自己圆满的姻缘，祈求母亲能回心转意，让他娶上青梅竹马的湘灵姑娘。湘灵是白居易的少年初恋，情深义重，两人山盟海誓，一个非她不娶，一个非他不嫁，现在两人一个三十四岁，一个三十岁了，还是一个等着，一个待着，若能占上归隐仙游寺的弄玉萧史的仙气，了结单身的日子，岂不是人生一大快事。也是好哥们儿喜闻乐见的。

不过，隐士王质夫另有个想法，就是多次鼓动白居易把李隆基与杨贵妃的故事，用歌的形式写出来，相信乐天能够写出千古绝唱。他想也只有白乐天才能写成绝世佳作。然而白居易迟迟没有下笔，让王质夫心里着急。王质夫琢磨着，陈鸿来了岂不更妙，多个劝手。带白居易先去马嵬驿看看，深入创作生活，瞧瞧当年的现场，触景才能生情，才会捕捉到创作的灵感嘛。王质夫想那刀光剑影下李隆基与杨贵妃是何等生离与死别，笃信乐天不会不动心、不生情。

于是王质夫早早地跑到周至，陪着他的乐天小哥，两条快乐的光棍儿，白天喝喝酒，逛逛街市乡村，晚上聊聊天，等着陈鸿。

不一日，傍晚，夕阳西下。

白居易、王质夫、陈鸿，三人三骑，踏着融化了的薄雪，来到了马嵬坡地界。

白居易白袍白马，体型修长，昂首凝望，披于双肩的散发在风中飘绕。陈鸿青袍青骑，双眸澄澈，一副见多识广、老成持重的模样。王质夫一身黑色穿戴，坐下红驹，长得清新俊逸，一表人才，率先跳下马来。

三人牵着马，往前走了一阵子，在路人的指点下，只见当年的马嵬驿，只剩下残垣断壁，满目疮痍的遗址，几面墙壁或孤零零地竖立，或毫无声息地横卧，驿站昔日气派的建筑，不复存在。瞧着这凄凉的景象，好似一股冤魂阴风随面刮来，令他们三人打了个寒噤，唏嘘不已。

好在驿站对面的山坡上，一家客栈倒是生意兴隆，人来车往，老远就能见到门前挂在旗杆上那面青色的酒旗，在寒风中飘荡。

店家掌柜是位精干微驼的老者，见有客人上门，跑下山坡相迎。一面吩咐伙计牵马喂料，一面招呼三位仪表不俗、想必也是冲着马嵬驿而来的客官。老者快人快语，如数家珍地说起自己的客栈，已有百年经营，马嵬将士哗变之后，曾经有哪些大官人来过，也在他的客栈住宿。来的人中，白居易他们三人都知晓，有的是朝廷官员，有的是已故的文学前辈，甚或现在的同僚。

三人入住之后，听了大半夜掌柜的老者讲古，讲自己当年所见所闻，讲马嵬驿事件，讲杨贵妃去了天庭，做了玉仙的故事。一直讲到后半夜，三人方才回屋休息。

第二天吃过早餐，哥儿三人，又去马嵬驿旧址驻足巡视，怀念古人，感慨往事，凭吊一番之后，策马南行。路过周至县城也没停留，只在路边的酒馆打尖，每人一碗羊肉泡馍，吃得浑身暖和，而后继续南行。

不到百里路程，三人优哉游哉地走了一天。

月亮升起，他们才到达仙游寺。因王质夫居住在仙游寺不远的蔷薇涧，与寺内方丈早为朋友。经王质夫互相介绍后，方丈情不自胜，喜出望外，连连合掌，口颂阿弥陀佛，随即引入一个清静的小院子，专人供置餐食酒饮、香料茶水，备齐纸墨笔砚，一切妥帖周到，自不在话下。

三人风尘仆仆，人困马乏，自然入睡较快，一夜无话。

第二天，在仙游寺方丈的荐引下，三人参观了大雄宝殿、观音殿、地藏殿、尊贤殿、钟楼、鼓楼，寻访二百年前遗迹。当年为了收归民心，完全结束西晋以后连续三百年分裂动乱的局面，隋文帝杨坚大兴佛教，长安周围就有数百家寺院，一时香火鼎盛。

仙游寺是其中规模最大的寺庙，香烟袅绕，幢幡浮空，缤纷炫目，善男信女络绎不绝。三人站在法王塔下，目视斜阳直射在叠涩出檐的砖塔上发出的耀眼光芒。砖塔历经战乱和风雨侵蚀，斑驳的塔身依然坚固耸立。耳边不时传来梵呗赞偈的诵经之声。

寺院北边便是秦穆公的女儿弄玉，与夫君萧史的归隐之处。梦中情缘，成全了这一对恩爱的夫妻，成为一代代人相传的佳话。到了唐代元和，已有一千四百多年，幽深盘环玉女洞与洞前高筑的引凤亭，在一片落叶的密林围抱之中。若逢吉日，曙光初现的夏日清晨，山林溪边，引凤亭上，还能听到萧史和弄玉夫妇二人，一起合奏召凤箫曲与百鸟和唱之声。拜谒敬香时，白居易显得一秉虔诚，双手合十，二目紧闭，口中似乎念念有词。

王质夫与陈鸿相视而笑。

一轮明月高挂长空，皎洁的月辉从窗子斜射进来，洒在寺内客房的四方酒桌上。方丈置办了丰盛的晚餐，随来僧人给室内的暖炉加足了木炭。不便打扰他们，方丈与僧人揖礼而退。

三人中陈鸿年长，白居易居中，王质夫最小。虽然天寒地冻，室外滴水成冰，但屋内温暖如春，情深意浓的哥儿三个，脱掉长袍，谈笑痛饮。

身为小兄弟，王质夫自然给陈鸿、白居易二位兄长把酒。但陈鸿还是抢过酒壶，看着这位可爱的小兄弟，说，十八弟，你先坐下，我是大哥先让我发言。陈鸿先给白居易、王质夫斟满酒，自己也倒上。

陈鸿举杯敬白居易道：承蒙乐天贤弟相邀，我们三人得以几日游览，前天看了马嵬驿旧址，真是令人心生怜悯、扼腕叹息啊，今天饱览了仙游寺，往昔历历在目，沧桑虽变，佛在心中呀，为兄在此借酒先敬一杯，以为酬谢。说完干了杯，不等白居易插话，又给自己斟满酒，说，这第二杯，欣闻十八弟也有好消息传来，即将去军中听命，结束隐士的生活，好志向啊，大丈夫四海为家，应该为国家奋战沙场，建功立业，愚兄也表示祝贺。干了两杯。陈鸿又将酒满上，对白居易说，今日瞻望了前朝遗迹，感慨万千，尤为凭吊了玉女洞，更是百感交集啊，这第三杯嘛……

兄长您等下，等下。陈鸿的意思是祈愿白居易事遂人愿，早成眷属。白居易大概看出了破绽，连忙按住陈鸿的酒杯。尽管陈王二人对自己的婚恋了如指掌，白居易却怕提及此事，十多年过去了，也不知湘灵现在何方，是生是死，不得而知。他不想勾起痛苦悲伤的往事。白居易端起酒杯，敬陈鸿：您是我俩兄长，不能搞反了哟，应该我们敬您才是啊。白居易边说边示意王质夫，二从恭敬地喝了一杯。哥儿三人，就这么你一杯，我一杯，他一杯，杯杯见底。

三人边喝边说边聊，不亦乐乎。

月光西移，寺外沉静。远处的山冈，熟卧在朦胧的月色之中。

王质夫心里，还是想着劝说白居易写杨贵妃的事情，说话也就往马嵬驿上靠。王质夫对白居易说：马嵬客栈那位掌柜的老者，怎么一眼就明白我们三人冲着马嵬驿来的呢。

白居易抬头，看了一眼王质夫，说：那位掌柜的老者，是见过世面的人。

高适、李白、杜甫、李益，这些老先生都去了，陈鸿补充道：我们后边自然还会有人去的。

话头一出，三人似乎进入一种沉思的境界。

此地可否就是马嵬坡？陈鸿问询老者。

老者看了看三位先生都不像本地人，就用指头，穿过一片斜坡，点了点残破的马嵬驿，说：那是当年贵妃娘娘成仙的地方。又向西南划了一个大圈子，对三人说，我们这十几里方圆，都叫马嵬坡。

敢问老人，您见到贵妃娘娘升天。白居易很是好奇。

我虽没见到，当年我跑到山上去避难了，但有人见过，长得可俊俏。贵妃并没死，我们村子上的人都是这么说的。老者扳着指头：五十年了，我经历了六朝皇帝，玄宗皇帝、肃宗皇帝、代宗皇帝、德宗皇帝、顺宗皇帝，还有现在的宪宗皇帝。以前我们这儿每家就望生个男孩，贵妃娘娘来过之后，各家各户倒想生个女娃娃啦。

男孩不是能传宗接代吗。王质夫笑问。

可你不知，小伙子。老者用手掩口，一副神秘状，告诉王质夫：我们这儿流传一首贵妃谣，歌谣很长，我只记得几句，“生男勿喜女勿悲，君今看女作门楣……”男孩有啥用啊，杨家生了女娃娃，光大门第，宗族崇显，贵妃娘娘是皇帝宠爱的贵妃，哥哥当了朝廷的宰相，姐妹几个封了夫人，连死去多少年的父亲，还追封尚书国公哪，已经流传了几十年了。所以呢，我们这儿村里头，生个女娃娃喜三庄。

白居易瞧瞧陈鸿、王质夫，三人一笑。

敢请老人家，给我们叙述一番当年这儿的事变。白居易来了兴致。

老者扫视了三人一眼，笑着点点头，捋了把灰白的胡须。

天宝十五年，我已经十五六岁了，帮助父亲料理这家客栈，大概七月，具体日子记不得了，天气有点儿凉了，反正晚上的月亮又大又圆。老者用两手圈了圈，比个手势，对三人道：有一天，突然从长安方向涌来了大批军队，后边看上去都是皇宫里边的人，许许多多宫里的马车，黄色的、蓝色的、紫色的、青色的，有的是八匹大马拉的车，有几千人马，队伍有十几里路长，他们就在山下官道旁边的官驿住下。老者用手向马嵬驿一指，说：对的，就是这儿。有男的女的老的少的，女人居多，个个年轻漂亮，长得跟仙女一般，穿的衣服十分光鲜，我们从来都没见过那么漂亮的女人，那么好的衣裳。这些漂亮的女人都是坐在马车上，一路哭哭啼啼，车子里大的喊小的叫，我们不知道发生了什么事，村里的人先前还围观着，看热闹来着，后来军队里有个当官模样的人，叫我们赶快逃命吧，说是叫什么安禄山的胡人造反，杀过来了，不逃命就跑不了了。我们一听那就逃吧，顾不上家里取什么东西，撒丫子就朝山里逃命啊。

老者喘口气，继续道：

我们在山里待了一宿，有胆儿的大人和我们这些好奇的孩子，夜里都爬到山顶上朝下望。那夜特别明亮，看得清楚几里地，官驿周围有数不清的白顶、黄顶帐篷，可是到了后半夜，突然人喊马嘶，许多黑影子大概是人吧，四处逃散，不到一个时辰，火光冲天，那些数不清的帐篷大多数起了火，一直烧到天亮还没熄，那焦煳味儿山里都能闻得见。

叛军来烧的。陈鸿问。

不是胡人，胡人没到我们马嵬坡来。老者望着白居易，摇摇头，对陈鸿道：尽是那些护卫皇宫里的士兵烧杀的，士兵们杀了几个大官，最大的官儿是贵妃娘娘的哥哥，但他们杀了更多漂亮的妃子、宫女，死了有几百人，士兵抢了她们华丽的衣裳，值钱的金银首饰，士兵们杀了人抢了细软之后就跑了。老者看着白居易叹了口气，多俊的妮儿呀，个个水灵灵的，可惜，太可惜。

三人听了老者一番言语，甚是吃惊。他们知道杀了杨国忠，御史大夫魏方，也差点杀了宰相韦见素，怎不知后宫死了这多无辜的人。

士兵哗变杀了许多嫔妃宫女，只是坊间传闻。大概是李家皇室的家事，外人很少知晓。也无稗官野史逸闻琐事记载。白居易嘀咕道。

王质夫问：敢问老丈，宫里的士兵杀人，您是如何知晓？

那是听村里人讲的，我也没亲眼看到。老者笑了笑，站在他们一侧，告诉三人自己第三天早上才敢回村。村里有些不愿意逃难的老人，一些大户人家留下看家护院的壮丁，夜里潜伏于草丛树木，那是亲耳所听、亲眼所见。老者回到村里，皇宫里的人和护卫的军队全部撤走了，只留下衣着官服的人，要村民去掩埋尸体。遍地都是女人的尸体，还有折断的刀枪剑戟，女人散落的鞋子，残破的华服，踩在泥土里的包裹和首饰之类的小物件，帐篷有的烧成一摊灰烬，也有未燃尽的帐篷还冒着青烟，夹着一股刺鼻的人肉煳味儿。

没见着贵妃娘娘？白居易关心杨贵妃。

没有，老者肯定的朝他们三人点了点头，说：那两日来过几拨人马，都在尸堆里找，好像也是找贵妃娘娘的。其实，夜里就有村民看到，贵妃娘娘在闪电中，顺着一道光柱，慢慢地，升到了天庭，然后就无影无踪了。接着，下了一场暴雨，一夜之间，大雨将马嵬坡狼藉的地面冲洗得一干二净……

仙游寺小院的客房静悄悄地。

白居易、王质夫、陈鸿，三位长时相对无语，仰望着透过窗子那明朗的夜空。他们被老者所讲的故事震撼了。他们被惊悚，内心甚至一片慌乱。尤为妙龄如花的女孩子们成为哗变的牺牲品，惊叹不已。

那么杨贵妃到底去了哪儿，真的升天了么。白居易在心里问。

马嵬事件发生时，他们三人均未出生，五十年也不见到朝廷史料记载。也只是私下里传着，太子策划杀了宰相杨国忠，赐死杨贵妃，并逼迫他爹禅让自立为帝，人所共知。还追杀了贵妃的两个姐姐，韩国夫人、虢国夫人和孩子以及杨国忠一家遭到灭门之杀。事关坊间的传闻，三人各有所知。

陈鸿在长安城多年，知道得比白居易和王质夫要多些。

陈鸿还听说，当太监高力士手里拿着一条黄色绢布，告诉杨贵妃，大将陈玄礼杀了你哥，意欲灭掉杨姓一族，皇帝无奈。她明白了，但面色很平静，绢布套在脖子上，还为陈玄礼评功摆好，转头对高力士说：请禀告皇上，不要降罪于陈将军。陈将军一向忠于皇上，多次直谏，今日如此，妾愿赴死……

真乃惊天地泣鬼神也。

白居易问陈鸿：听说贵妃娘娘死后，曾让陈玄礼查验了。

是的，不过始终没有找到贵妃，也无人晓得娘娘的下落。陈鸿肯定地说。于是民间流传娘娘成仙了，这倒是同客栈掌柜讲的吻合。

王质夫拨开面前桌上的杯盅，对白居易道：我也听说，娘娘没死，高力士几个太监假了替身，将一位满脸血肉模糊的宫女，给陈玄礼瞧。贵妃娘娘锁在深宫，陈玄礼即便见过一两回，也难以辨认。其实，贵妃连夜跟着日本遣唐使团走了，但是只住在东海的一座岛上。

王质夫见到白居易睁大了眼睛，听得入神，认真地说：我小时候就听老人们这么说，老家的渔民出海，总会看到大海上一座朦朦胧胧的山，听到有人吹奏《霓裳羽衣曲》，那是玄宗皇帝最爱听的曲子，如同仙乐一般缥缥缈缈。可是到了跟前，那岛、那仙乐，慢慢消失在茫茫的海上。

白居易的脸上，浮现忧郁悲伤的神情。

大约已有十几年，朝廷装着不知，市井坊间却在流传。陈鸿对白居易说：就在玄宗皇帝尊为太上皇之后，春天的白昼，冬天的夜晚，经常听到这个曲子，搅得太上皇日不思食，夜不能寝。当时有个道士，自称是汉武帝时李少君仙人弟子，能用法术找到贵妃娘娘，玄宗一听，喜从天降，赏赐了许多钱币与良田。道士寻找了一年多，才在东边蓬莱仙岛上，找到了娘娘。娘娘在侍女的搀扶下，向道士行了礼，问了太上皇和马嵬将士哗变之后的事，道士一一回禀，娘娘顿时泪如雨下，泣不成声。好一会儿才平静。娘娘从头上拔出金钗一支，递给道士，说，这是当年皇帝给自己的定情之物，你交予太上皇，就会明白我还在想着他，我们当年在长生殿许下的誓言，一刻也没忘记。正当道士还要问询，抬头见到娘娘隐退在牡丹丛中。

白居易听得如痴如醉，眼眶里分明转动晶莹的泪花。转瞬之间，双手掩面，开始只是小声啜泣，泪水顺着指缝往外流，后来干脆仰面朝天，放声号啕大哭起来。

王质夫与陈鸿惊呆了。

王质夫赶忙侧身搂着白居易的双肩，像拥抱一个伤心欲绝的孩童，轻轻地拍打白居易的后背，低声地安慰。

过了半晌，白居易终于镇静下来。王质夫离席，给白居易淘了热毛巾，擦了把脸，三人一起出门，仰望没有寒星的天空。

冷风一吹，白居易异常清醒。

月亮西沉，月辉皎皎。月光下，白居易轻拢长袍，仰视庙宇四角翘起的屋顶，宫殿如鸟展翅的飞檐，琉璃瓦上落雪似的白茫茫一片。两株高大的菩提树，落光树叶的枝丫，向着天空恣意地伸展。

白居易似乎听见寒夜的枝头，风在呜呜地诉说。他轻舒长袖，仰天哈哈一笑，转身拥着王陈二人，又在小院里转悠了好一阵子。

三人携手，笑着入屋，再重新入席。

王质夫给三只杯子添满酒。

乐天兄，陈鸿兄，我觉得这么好的题材，如此动人的故事，千年难遇。不过，也是你们文学大家幸事。因为你们能写啊。如果你们不写出来，随着光阴流逝，这样感人的故事，也会渐渐被人淡忘了。王质夫看着二位兄长说：愚弟虽然不才，也读了不少诗书，难忘的是汉末年间，那一篇乐府风格的《焦仲卿妻》长篇叙事诗，当时六朝人，几番人人共读，六百多年过去，现在就连乡间老太太和几岁娃娃，都能吟诵“孔雀东南飞，五里一徘徊”，多么辉煌的篇章啊。王质夫热切地看着白居易，说，乐天兄，寄望于您，也写出“老妪能解、童孺能知”新乐府的诗篇，履行您所倡导的文学主张。

陈鸿击桌道：十八贤弟，你说得好啊，愚兄正有此意。陈鸿伸手拍了拍低头沉思的白居易：只有乐天，你能写出杰出的作品。

不瞒二位，我也在想这个事，而且不是一日了，却不知如何下笔。十八弟执意要带我们去马嵬，我明白他的用意。白居易直了直身板，整理下衣衫，看看王质夫，对陈鸿笑道：长篇叙事诗固然是好，却不是我的长项。如若写出个四不像来，岂不让人传笑了。

哈哈！陈鸿与王质夫都笑。

乐天还是爱惜自己闪光的羽毛啊。陈鸿笑道，你不妨先写出来，我们哥儿几个瞧瞧，如果不怎么地，权当没写呗。

见白居易仍在犹豫，王质夫继续鼓动：乐天兄，您看看，就马嵬事件留下多少精彩诗篇啊，前边有高造、杜甫、李益先生，现有您的好友刘禹锡、贾岛先生，后边还有无数人要写马嵬。唯独您，难道真的要留下一个空白吗。王质夫大声说，我要是有你们二位兄长的高才，早就写了十篇八篇。

三人哈哈又笑。

乐天贤弟自己主张“文章合为时而著，歌诗合为事而作”的理论.陈鸿激将道：可事到临头，打起了退堂鼓，当个空头文学理论家呗。

此时，王质夫不由分说，举着酒杯站在白居易面前：“夫希代之事，非遇出世之才润色之，则与时消没，不闻于世。乐天深于诗，多于情者也。试为歌之，如何？”说完，顺手就将白居易的酒杯端起，递到他的手中。

这样吧乐天，陈鸿也起身，举杯白居易面前，说：你写吧，我给你诗篇作传，可好？

这还有什么好推辞的。

白居易的胸中已经诗流如潮，大有一种不吐不快之感。他刚才大哭之后，在小院里仰望月色时，已在酝酿，在构思了。白居易觉得自己的身上，荡漾着初恋般的火苗儿。

妙哉，妙哉！白居易连声说好。

哥儿三人把酒杯碰得叮当响，一饮而尽。

不过白居易还是说，我写当然可以，陈鸿兄作序自然是画龙点睛，那么十八弟，你也别轻闲了，你来写跋吧，我们哥儿仨，合作完成一篇文章，留下千古佳话，莫不更妙！

陈鸿随即拍掌附和，恨不得一口叫出几个好字。

王质夫见自己说动了白居易，陈鸿又愿意作序，心中激动不已。可是要自己给乐天的文章作后记，立即就苦着脸说：二位兄长，如果舞枪弄棒，无论马上还是马下，我敢在二位兄长面前献丑，然而让我这粗通文墨的汉子，在关公面前要大刀，真的是见笑方家了，使不得，千万使不得的。王质夫将他二人扶坐下来，倒上酒。说，这样吧，我给你们秉烛研墨，添茶倒酒，做好服务吧。

那也不成，这样吧。白居易略一思索，对陈鸿颔首一笑，说：我留下歌名，请十八弟来正题。说完，哈哈一笑，没等王质夫应允，自己就一口闷了，还亮出杯底。

听得远处的鸡叫二遍，三人各自回房休息。

陈鸿回到屋里，并没有休息，他被一种激烈的创作冲动所支配。陈鸿只是粗粗地洗了一把脸，给室内暖炉加了些许木炭，坐在桌前，摊开方丈给他们预备好的纸笔，奋笔疾书。天刚蒙蒙亮，以杨贵妃与唐玄宗为原型，草就了一篇传奇式的短篇小说（即《长恨歌传》），整整一千五百字。架好毛笔，未即复读，便和衣睡去。

一觉睡到晌午。陈鸿估计住在隔壁的王质夫应该起床了。可是一瞧，见虚掩着门，人已不在屋里。乐天的房门倒是敞开的。踏入门栏，但见白居易蜷缩在床铺一角，呼呼大睡。王质夫坐在床沿，像个大姑娘似的，手捧一叠沾满泪痕的笺纸，似乎也在流泪。

见是陈鸿进屋，王质夫忙不迭地随手抹脸，一面抹着一面破涕为笑。连声说白乐天写得太好了，太感人了，必将是一篇惊世之作。

王质夫遂将笺纸递给陈鸿。

陈鸿不看则已，一看便是吃惊不小。他未曾料到，白居易竟然也完成了自己诗歌。共六十句，每句十四个字，整整八百四十字。标题空着。第一页左上方一行小楷："恭请十八弟添加歌名为谢！"

大概文人易于激动吧。陈鸿只看到第二页，已经泪眼婆娑。

陈鸿心想，乐天啊乐天，你也太苦了，我的好兄弟。这哪是李隆基与杨贵妃的故事，你也没见过杨贵妃长成啥样，却写得无比传神啊。

乐天呀，这分明是写你自己呀，写你和你那美丽的湘灵姑娘。你是借此诗歌，向世人诉说，你那欲哭无泪的衷肠。

…………

芙蓉如面柳如眉，对此如何不泪垂。

春风桃李花开日，秋雨梧桐叶落时。

白居易不止一次跟陈鸿描述，湘灵是位美丽钟情的姑娘，十五岁时就长得亭亭玉立，跟天仙一般漂亮，白日里像月宫的嫦娥，又像旱地上一朵罕见的莲花。她的眉毛像柳树叶子弯曲妩媚，她的笑脸恰似一朵盛开的芙蓉花。可是现在，白居易写李隆基与杨贵妃的故事，即景生情，怎能不流下悲伤的泪。白居易说他同湘灵曾在春风吹开了桃园里，相偎相牵着，漫步在一片灿烂其华的景色之中。然而现实像秋天冰凉的雨水，打在枯黄的梧桐叶子上，白居易将内心寂寞与哀伤，倾诉在字里行间。

夕殿萤飞思悄然，孤灯挑尽未成眠。

迟迟钟漏初长夜，耿耿星河欲曙天。

多少个夏天的夜晚，白居易与湘灵在老家的屋前屋后，追着萤火虫奔跑。湘灵银铃般的笑声，依然在耳边回响。一想到湘灵，白居易心情消沉茫然，成夜失眠睡不着，坐起来又睡下去，油灯的灯草芯已经燃尽了，在黑暗中，在长夜里，躺在床上，细细数着，一声声报更的钟声。可是那无尽的思念，还是搅得白居易不能入眠。再遥想繁星点点的银河，细数遥远天上的星星，一颗、两颗、三颗……一直数到东方露出曙色。

鸳鸯瓦冷霜华重，翡翠衾寒谁与共？
悠悠生死别经年，魂魄不曾来入梦。

冬天里，多少层霜露覆盖在屋顶的鸳鸯瓦上，北风阵阵，寒风刺骨，尽管盖上碧绿色的被子，仍然觉得冰凉冰凉。亲爱的人啊，我的湘灵，你为何不来与我同床共枕，此时我多么需要你。我们那一次哭别，已经过去好多年了，现在你我天各一方，生离如同死别，你如今在何处啊湘灵，即便你的魂魄，为何也未进入过我的梦乡。

陈鸿已经泪湿襟衫，瞧了瞧站在门口，伫望院内天空的王质夫的背影，轻轻地嘘了口气，继续解读白居易诗中的含义。

钗留一股合一扇，钗擘黄金合分钿。
但令心似金钿坚，天上人间会相见。

临别殷勤重寄词，词中有誓两心知。
七月七日长生殿，夜半无人私语时。

陈鸿读到这一段，心中十分了然。白居易在考中进士那年，以为这一次有了功名，母亲定然喜上眉梢，不会也没有理由，再次拒绝湘灵。当自己怀揣与湘灵成婚之梦，憧憬未来幸福日子的愿想，兴冲冲地进得家门，却是一盆冷水，烧灭了希望之火。万没想到已经病重的母亲，依旧绝不松口。一个世宦家庭出身的进士，更不可以姻娶一个乡下的女子，并以死要挟儿子。万般无奈，白居易告知湘灵实情，相约于七月初七，牛郎织女相会之夜，白居易与湘灵相见，抱头痛哭，久久相拥。千叮咛，万嘱咐，各自珍重。泪水哭干了，启明星挂上天际。临别之时，湘灵从自己乌黑的头发中，拔出金钗，双手掰开，又将镶嵌金丝宝石的首饰盒子，劈开两瓣，一半赠予白居易，一半留给自己。二人跪下大地上，对着苍天发誓：无论多少年多少月，无论魂儿在天上地下，都要等到相见的那一天。

在天愿作比翼鸟，在地愿作连理枝。

这两句陈鸿看得出，白居易是对湘灵姑娘做出再次悲伤的誓言。也是在不久前，白居易给陈鸿的书信中，表白了对湘灵的忠贞不渝。书信中写道，“愿作远方兽，步步比肩行。愿作深山木，枝枝连理生”。愿意与心爱的湘灵相守到老，哪怕是做深山中的野兽，也要与她比肩而行，要是山林中两棵树，枝叶根须也要拥抱结合在一起，永远相守相依。陈鸿作为乐天的知己，也期待他们能有一个圆满的结局。

王质夫给陈鸿递过毛巾，各自擦泪。

天长地久有时尽，此恨绵绵无绝期。

读到最后两句，王质夫和陈鸿突然意识到，白居易已经极度悲观，对自己与湘灵的结合，似乎在暗示，彻底地绝望了。人的生命总会有个尽头，人总会要老，要死去的。白居易这一生的遗恨哪，永远没有穷尽之日……

读完最后一句，王质夫和陈鸿二人，险些抽泣起来。

白居易翻身坐起，睁开迷糊的眼睛，只见两个大老爷们儿，手捧自己的诗稿，简直以泪洗面。愣了一会儿，明白了啥意思，倒是笑嘻嘻地下床。

王质夫这时也不客气了，抬起桌上的毛笔，右手稍蘸点墨，左手扶稳笺纸，工工整整地落下三个字——长恨歌。

谁能读懂长恨歌，唯有王陈可释疑。

我在闲暇时，喜欢读史，尤为唐史唐诗。一日读书，看到陈鸿老先生在《长恨歌传》中，留下这样一段话：

> 元和元年冬十二月，太原白乐天自校书郎尉于盩厔，鸿与琅琊王质夫家于是邑，暇日相携游仙游寺，话及此事，相与感叹。质夫举酒于乐天前曰："夫希代之事，非遇出世之才润色之，则与时消没，不闻于世。乐天深于诗，多于情者也。试为歌之。如何？"

于是，我在想象中，对一千二百多年前白居易创作《长恨歌》的缘由与情景，作了一番假设式地描摹。

见笑，见笑了。

二〇一九年十月

远古走来的村庄

我行走在石板镇阳光八月的土地上，想象着置身于上古蛮荒时代的深山密林，拨开峭壁上荆棘丛生的枝条，透过历史的天空，遥望滚滚的乌江北岸，那片以渔猎为生的袅袅炊烟和远古部落的村庄。

这片广袤的土地，经过了漫长的风雨岁月，到了周武时期，出现了早期农耕文明，进入一种半渔猎半农耕的生存状态。披着草衣的男人们，扬起木叉打鱼，拖着木犁耕地，裹着兽皮的女人们，在树木泥草搭成的家园中，饲养牲畜，繁衍后代。于是，这一支石板镇祖先的鳖族人，同奔流不息的乌江，一起汇入人类文明的滔滔长河。

我站在水泊渡山顶四角飞檐的亭台，猜想鳖族人的生活。那时大娄山脉与乌江之间，水网密布，湖泊众多，原居民以山为栖，临水而居。洪水泛滥时，择高地居住，水落后迁至临水陆渚。斗转星移，日月更替，繁衍着一个古老的部落，这个部落的人们，善于捕捞河湖中鱼类和各种水生动物，特别喜欢和崇拜鳖鱼，并以鳖鱼作为本族的图腾，以至于后来被称为鳖人部落。鳖族人在长期与洪水的较量中，学会了与洪流斗争的避水之法，学会了水害疏导之术。而后，他们在与外族交往中，将这一先进的技术，传播到了中国的西南地区。

我置身于石板镇，回望石板镇的历史，某个刹那间，我会想起黔北历史上发生的一次次残酷的战争，那些腥风血雨般地一次次杀伐，是野蛮暴虐地毁灭，还是推动了社会文明和历史的进步，这些事件，总是同帝国的野心与疆域的统一密切关联。武王灭商，建立西周政权，巴国、蜀国、乌江北岸的"桐梓人"，建立了华夏民族的氏族部落联盟——鳖国。到了春秋战国，古鳖族部落联盟农耕水平有所提高，行政体系更为完备。《遵义县志》记载："春秋战国时期，今遵义县地，时为夜郎东北小君长国鳖国地。秦始皇统一全国后，废除诸侯封国，推行郡县制，废鳖国置鳖县。隶巴郡。"

石板镇在春秋时为鳖国属地，秦汉年代归鳖县，与古国南夷、夜郎并存，隋初期归牂牁县，唐贞观十三年以废郎州而设六县置播州。播州者，乃为番之有才者，即招抚蛮夷所置州之意。今为遵义市播州区，黔北的历史文化重镇。

落笔至此，我不禁掩卷沉思。

鳖国是啥模样，牂牁又是啥模样。大秦帝国统一了六国，也将播州石板镇收入版图。黔北这块曾经被称为蛮夷之地的地方，是怎么在文明的教化熏陶中，不再依赖自然界提供的现成食物，而是通过创造条件、改造自然，从原始的渔猎文明，走近农耕农业文明，以及近现代文明，翻遍了史书，无从记载。

诚然，设置播州府至今，已有一千三百七十九年的历史，虽多次更名，归属更迭，然而，无论是古代鳖族人、鳖县人、夜郎人、牂牁人，还是今天的石板镇人，用自己的双手创造了灿烂的民族文化，推进了历史文明的进程，用自己的智慧与勤劳，造就了石板镇人丰富而厚重的历史。石板镇这块富饶的土地，依然肥沃，两条流经石板镇的乐民河、偏岩河，依然滋润着石板镇方圆一百多里的沃野与村寨，以及土地上的勇敢与纯朴的人们。

我很是感怀石板镇那些具有代表性的文化符号，斑驳的古刹、沧桑的古树、久远的古营盘和水墨画似的古村落，每一个符号都是跳动着的音律，都是变迁着的史乘和象征着的文化意蕴。

而我更为欣赏的是，石板镇贯通古今的茶马古道、百年老街、文化诗社和云雀般动听的山歌，以及如同石板一样坚硬执着的石板人的性格。正是这样的孕育、演变与传承，才有了如今繁荣昌盛的景色。那些人来人往的超市，车水马龙的新街，干净整齐的住宅小区，笑脸像花儿一般的孩童，一切都是那么生机勃勃，春意盎然。还有那个国内辣椒重要基地，每年一个月红红火火的辣椒节，也展现了一个古镇，新的容颜与国际视野。丝毫不会怀疑，这都是勤劳的石板镇人的创造成果，聪慧的结晶。

从远古走来的村庄，在西南边陲这片广袤的山区平原上，演化成具有现代生活特征与文明要素的小城。

石板镇，一个多少了不起的人间奇迹。

二〇一八年八月

古　寺

八月的清晨，巍峨的群山在哗哗溪水的鸣唱中醒来。

我们一行人乘车顺着水泊渡蜿蜒的溪边山道，曲折盘旋而下。透过车窗，远处朦胧的山岙里，像天眼似的生出一洼洼碧绿晶亮的水，而近处山坡的梯田上，一块块艳红饱满的米椒，勿用凑着鼻子，就能感觉到那股辛辣火麻的味儿。再望那时有鸟儿飞过的天空，瓦蓝得像无边无际、浪平无波的海。

这是一幅多么生动奇妙的油画啊。

穿过绿色宁静的居民区、熙熙攘攘的小集市，转入飘着稻花香的农田小路。带着香气的凉风，正是从那片吐着金黄稻穗的田野里吹来。我站在飘香的稻田间，望前方平地凸起的喀斯特山原，树木繁茂，古松参天，就像绿油油的千里草原上，落下一座巨大的圆形帐篷。

要不是朋友的指引，我很难想象这片良田千顷之上，居然有一座隐秘的古刹，一座令人仰望、顶礼膜拜的山陵，立于莽苍的黔北高原。

沐恩寺。

一道泥墙拱起的石质门楼，临渠壁立之上，依稀可见“西靖门”三字楷书。迎面向东，便是空旷的古寺遗址。古寺只有东西二门，大概是遵行“紫气东来，驾鹤西去”的禅意吧。

树影婆娑，岁月悠长。

跨过由断壁相连并不厚重的单石拱门，曾经高墙坚壁的屏障，只剩下剥落的墙垣。古寺经过数百年的风雨驳落，日月黜退，年久失修，加之十年动乱的人为毁坏，劫后余生的三间正殿和东胜门、西靖门，显得孤零与无奈。我那颗虔诚朝拜之心，不免陡然紧缩，生出些许落寞与惆怅。不见香烟缭绕，香客如云，也无木鱼声声。昔日那幢幡招展、香火鼎盛的古寺，已浓妆尽卸，繁华尽散。历史的墨迹，仿佛固结了漫长的时光，固结了青山绿水，也固结了四周宁静的田野和青黛色的瓦屋村舍。

遥远的清庙之歌，禁不住一声叹息。

好在整个庙宇基础尚存，给人多少有些安慰。现存三重楼阁，底层正殿梁柱完整，中层为四角飞檐，上层为八角攒顶，殿高二十余米，青砖黛瓦，翘角飞檐。寺庙内供奉观音菩萨、普贤菩萨、文殊菩萨三尊塑像，端坐于朝南的大雄宝殿，仍不失远离尘嚣的庄严与脱俗的圣洁。大度慈祥的目光，似乎凝视远方墨绿色的群山，笑看日启月落、星转辰移，笑看江山更替、俗世沧桑，笑看人世间的过去与未来。也好像在笑看我们这帮子六根未净的凡夫俗子。

我一向爱听寺庙里的秘闻，而庙宇正前方的枫香古木，周身缠绕随风轻飘的红丝带，名曰“灯台树”，国家列为二级保护树木，已有四百余岁，粗壮高大，盘根于岩石之中。一如观音大士打坐在六十六片莲花瓣上，故被当地百姓尊为“石上坐观音”，丝带飘飘，求子多福。据说有求必应。看看左右，尽是花甲年岁、儿孙满堂之人，只求多福，也作谈笑而已。

清凉的山风吹来。吹在一块竖立于寺庙空旷大院中央“沐恩寺及营盘遗址”的石碑上，吹散了岁月隐约的蒙尘。我觉得这山风，好似一位白发过肩的教书先生，轻抚长须，一章一页，翻开“沐恩寺”那本厚厚泛黄的过去。

公元十四世纪中叶，大明王朝经过数年血与火的征战，夺取了政权，废除了元朝统治者，将民族划分为四个等级的制度，包括播州石板镇在内的西南少数民族地区，先是实行元代土司制度，对归顺的各少数民族首领授予世袭官职，代行管辖地方之职。而后，推行由中央政府管理的“改土归流”政策，把土司辖区纳入国家直接统治范围。同时在西南地区实行了屯兵制，战时打仗，闲时垦荒。既有利于国家统一发展，又保障了西南民族区域的稳定，快速提升生产力，人民享受到安宁的生活。

“营盘遗址”便是石板镇最早驻扎军队、屯垦戍边的记录。它不仅仅是块石碑，而是记述六百多年前石板镇为黔北的军事重镇的历史，记述了石碑的背后，经济的繁衍昌盛，文化的开明通达，民众安居乐业和社会稳定发展的历史。

有道是，滚滚长江东逝水，青山依旧在，几度夕阳红。

崇祯十七年，李自成军队攻破北京城，而后吴三桂引清兵入关，结束了大明王朝二百七十六年的统治。继而，朱家宗室在南方建立的多个流亡政权，也如同肥皂泡儿似的，一个个破灭。以桂王朱由榔为代表的南明朝廷，在云贵地区仅支撑了三十九个年头，就被吴三桂剿杀于昆明。

其实这些历史事件，对远在播州的石板镇没有直接影响。青山依旧在。朝代更替，换一把龙椅，平民百姓仍然日出日落，过自己的日子。

不过当一位美丽善良的南明王妃，经历战乱，几回生死，孤单单地流落于此，隐居在沐恩寺，却成了石板镇黎民百姓生活中的一件大事，也是幸事。

曾经尊贵雍容的南明王妃，失去家园，离散亲人，后有追兵，前有艰险，风餐露宿，只带了三五个贴身的随从，衣衫褴褛，一路逃难到石板镇，凭着活下去的坚强信念，在此隐姓埋名。善良的王妃并没有以泪洗面，开始用医术救死扶伤，教民向善，教民生活，教姑娘们歌舞，教孩子们识字读书，传播汉文化。当地乡民尊敬她、信任她，拖儿带女地来拜王妃为师。然后王妃剃度，遁入空门，青灯长伴，诵经念佛，超度死去的亡灵，祈求大慈大悲的菩萨，普度众生。当地各族民众也将王妃当成心中救苦救难的活菩萨。

于是，周围百姓常常聚集于寺庙，或参与佛事，或组织抵御外侵，或品茗对弈，共享安宁。由于人气旺盛，人们遂更名“人和寨”，成了石板镇方圆数百里的佛教文化中心。清朝嘉庆七年，朝廷为嘉奖寨民抗暴有功，拨出专款扩建庙宇。百姓深受灾难之苦，为感念天朝恩惠，将“人和寨”改称“沐恩寺”，有沐浴皇恩之意。

我站在山原，居高临下巡视飘绿的四野。耳边传来大殿里浑厚的佛乐，有歌者道：

菩提本无树，明镜亦非台
本来无一物，何处惹尘埃
我心非我心，他心皆我心
我执非我执，空望天下事
…………

耳听佛乐，有那么一刻，我试图驾驭想象中战车，寻找千百年来发生在西南地区，那一场场壮烈的丛林围剿与残酷的阵地厮杀，那拼杀后短暂的安宁与寂静，和那短暂的安宁与寂静里，男耕女织的田园景象。

佛乐中，有那么一刻，我希图借助轻飘的白云，灿烂的阳光，和在薄云下自由地飞翔的精灵鸟儿，想象昔日金碧辉煌的庙宇，气魄恢宏的礼佛仪式，香客如云的盛大场景，以及晨钟鸣唱、暮鼓远播，翘檐飞壁上悠扬的风铃声。

可是这一切，不啻被历史的尘沙所淹没，更是被疯狂年代的放肆所摧毁。

幸运的是，有更多善人的善意与善政的善为，捐建与专款，使得工人师傅已经对寺庙原来的建筑构件进行修缮，斑驳的房梁房柱，经木工师傅的推刨，露出了木质香味的原色。

肃立于“沐恩寺”空旷的遗址中央，仰望耸入云天的“灯台树”，它就像一位慈眉善目的沧桑老人，见证“沐恩寺”的兴衰与枯荣。

走出东胜门，我们接受了送行僧人的合十揖礼，也以揖礼作谢。

在山脚下，身后的佛乐，依然余音袅袅：

空了何时空，心念有种种
忘了何时忘，佛也念众生
明月当头照，苦乐入禅中
生性当自悟，阴缺何时休
…………

说不清楚，我此时怀着怎样的心情，是沉重的忧伤，还是轻松的愉悦。但有一点是自然的，那就是我的心，像被佛乐洗涤似的空灵与圣洁。

二〇一八年九月

与鲁箫的对话

鲁箫是我小说中的人物。

二〇一四年六月初，长篇小说《奔腾的灌江》修订稿已近尾声。这一稿完成了，即交《长篇小说选刊》刊发。说是修订稿，其实修改了许多遍，有时躺在床上，猛然想起某一章某一节，翻身下床，打开电脑临时修饰点窜，难以计数。咬着牙，熬了三个多月，头发长得跟鬼似的也没剃。快要杀青了，本该轻松舒畅，却怎么也愉悦不起来。

小说女主人鲁箫结局的安排，让我陷入两难之境。

这部书，二〇一二年年初在《金融文学》连载年余，这个杂志当时由中国银行协会主管的纯文学杂志。连载过程中，读者和行业内外界反响还可以。二〇一四年春节前夕，中国作协举行在京作家新春茶话会，我的好友，时任创联部主任孙德全先生随着主席一行人，挨着桌子敬茶，到了我们这一桌，他寻机把我拽到一旁，哈哈大笑，说："嗬，一声不响地弄出个大部头来啊，读来舒服，你嫂子小宁也喜欢看哩。"他说他没读过金融题材小说，头一回看，了解了不少银行的一些门道，有的章节不失为精彩。夸了我一通。问我接下来有啥想法。我说："何镇邦老师看了，也说有些意思，打算推荐给四川江苏两家出版社。""你别急于出版，好看的东西要大家分享呀，你先给选刊，再出版不迟。"德全说，"建平你熟悉不，他可是青年才俊，现在《长篇小说选刊》当主编。估计他跟我一样的感觉，你给他看看，能成。"

这些年，忙于单位事务，同文学界也没几多联系，而且，长篇小说选刊的门栏太高，担心人家看不中，给人添麻烦嘛。我就说，"自己觉得小说还粗糙了些，先放一放再说"。我说的是实话。《金融文学》连载时，比较仓促，章节结构与语言逻辑，还有文字上都有瑕疵，自己也不甚满意，多位师友给出了中肯的建议，我打算放一放、改一改，至少自己看得过去吧。老兄举起手中杯子，我们碰了下，说了声"别放了"，就匆匆离去。

晚上，德全先生给我发来顾建平先生的电话和投稿邮箱。一周后，建平先生相约，去他农展馆中国文联大楼办公室聊聊。诚如德全所言，建平不仅年轻而且博学多才，刚落座，随口一句，"潮平两岸阔，风正一帆悬"。他引唐代诗人王湾之语，算是对拙作的评价吧。副主编鲁太光先生，也是一位年轻的文学评论家。由于全年期刊已经排满，只有秋季卷还可通融。我心想，只要能上，哪期都中啊。于是当场敲定，太光先生当我的责任编辑，六月初交修改稿，最晚不过月底。我当时，怀里就像揣着个欢喜团子，心花怒放，出了长篇小说选刊编辑部，行至立交桥下，回望他们办公的那幢大楼，满目全是金灿灿的。

四年没休年假，这次一并用上。回老家，静心地修炼吧。

三姐夫妇专门腾出一套三居室的房子，一座树木掩映的小山上，倚江而居，早听浪涌，晚闻涛声，甚是幽静的居所。举目还能瞧见楼阁水榭之中的江苏大学校区。我爱人成了全天候保姆，二十四小时供饭烧水，还兼任十分尽责的第一读者。尤其是涉及数据分析，利率利息计算，拿出了银行会计师的水平。真的苦了她了。

作为业余作者，平日里在创作时间上比专业作家零碎，往往不能按部就班、计划周详地干活儿。别人是什么创作习惯，我不太了解。反正这一回我逮住了空子，饿了吃，困了睡，没日没夜地劳作。与自己笔下的小说人物，同悲同喜。一旦进入写作状态，没了个时间概念。日出日落，几乎与我何不相干。

以至于，楼下几株石榴树，来时，刚刚生出些许嫩芽儿，再往下看时，浑然不觉之中，已是满树鸡蛋大小的果实。

在小说的初始设计上，鲁箫的结局是要出家当尼姑的。

就为她这一个小说人物，零零碎碎地，两年收集查阅了不下二十万字的资料，还专程走访了庵堂和咨询民政部门的朋友。比如庵内日常功课、剃度仪式、闭斋修行、饮食起居，出家人在民政部门需要办理哪些手续等。

已经是最后一稿，倘若依照原来的设计也就是出家了，往下改，不需要太多的变动，只是文字的润色而已，六月底前顺利交出书稿。可是若她不出家了，意味着前边的铺垫与闲笔，隐喻与暗示，还有其他人物关联的细节，与最终归属，全部推倒重来。

鲁箫是个温婉、纯情的女子，她那一袭白色长裙的身影，时不时地，从我的眼前闪过，犹如飞天，飘荡在夕阳下平静的江面上。好像提醒自己，为她的结局有个满意的安排。是啊，让她陪伴青灯古佛，就此终了一生，实在是于心不忍。

是夜，已过丑时。

江水涛声渐起，几块厚重的云，遮住天空那西斜的半轮月亮。我在石榴树旁伫立片刻，借着路灯，沿着修剪平整的冬青树夹道的石径，缓步而下。

一片枝叶繁盛的树林，林中有座八角茶亭。这是人们早上晨练、白日喝茶、晚间闲聊之所。此时，已经阒其无人，一片寂静。偶尔，树上熟睡的鸟儿，梦中发出“哇”的一声，惊动夜风。

我在树林里边溜达，边想着鲁箫究竟如何处理。

蓦然间，一道白色衣裙的修长人影，擦身而过，玉立于茶亭一侧，似乎等我说话。浅黄色的亭灯，照着清秀的脸庞，那笑眯眯的大眼睛，那身上散发着特有的香气，我猜测是鲁箫。

我趋前看清，还是一惊，我问：“鲁箫你、你在灌江做房地产，怎么跑镇江来了？”

“哎哟，您改稿子改得迷糊了吧。”鲁箫掩口笑道：“您不是让我回江宁老家了么。这么快就忘了。现在我是无事一身轻呀，随便逛逛呗。”

哦，我想起来，她是被栗枝气跑了。

“我很纠结，鲁箫。”我说出我的想法，“最初的框架是要你出家当尼姑，但又觉得不忍心，不知你以后的日子怎么过。”

“您犹豫了？”

“不错。”停了一会儿，我谨慎地说，“现在我有些反悔了，打算重写你的归属，正巧你来了，不妨，听听你的想法。”

鲁箫说她正是为此事而来。

“但我真的不知道前方的路在哪里？遁入空门，潜心修行，提升了自己的境界，受到人们的敬重，固然是好。却不知哪家庵堂肯收留我呀。”鲁箫仍然笑着，笑得凄苦：“一个女子出家，要比男子难得多。现实中的比丘尼更难除却心头的业障……我走了，视我为掌上明珠、我深爱着的风烛残年的父母呢，我深爱着的庆兴呢……您说，爱是业障吗？”

我仰头，看看天上遮住了半月的云，无语。

鲁箫善良纯洁，心地温厚，爱自己的职业，关心身边的每一个人。她执着忠贞地爱着高庆兴，就连逼走她的高夫人，始终善意相待，没有恶言，无意拆散他们的家庭。在她意识里，爱，只要爱，就足够了。如果这样的爱，也是罪过，让她去忏悔终生的话，是不是过于残忍了。

“您问我今后的日子，好过的呀。您不是写过嘛，心中有爱，永远快乐。”鲁箫转头望着远处摇曳的树影，说，“您非得要我出家，也无话可说。写书的人，总有自己的用意吧。不过，一旦皈依佛门，成天诵经念佛，穿衣吃饭，变成消耗社会资源的人。您不记得了，村里的幼儿园还等着我助资扩建的哦。”她掉过脸来，看着我笑问：“您这么设计，到底为什么，理由、目的何在？”

“你不愿意出家当尼姑？”话一出口，我觉得问得愚蠢至极。

她灿烂一笑，点点头，下意识地，轻抚微微隆起的小腹。

我只好坦诚相告：“只为一个满意的结尾。”

“一个与众不同的结尾？”鲁箫惊诧道，“就为这个？”

我看着她清美的脸庞，默默地点了点头。

只见鲁箫大眼睛里，流下两行清亮的泪。那一瞬间，我打定了鲁箫不出家的念头。鲁箫有权利快乐地生活。

…………

与鲁箫对白，完全是一种假设，也是自问自答。

鲁箫说得是，我在寻找一个符合人物个性和文学逻辑，而且有别于其他作者的小说结局。

然而鲁箫的结局，无论怎么安排，都不可能圆满的。

比如不让鲁箫出家，拆散高庆兴的家庭，叫高鲁幸福地结合。这样做伤害了另一个善良的人，栗枝，也背离了我的初衷，有违我的伦理观。要挨砖头的。可是，就这么放弃鲁箫，不做书中交代，不了而了。这对鲁箫不公平。也是要挨砖头的。

眼看交稿时间一天天逼近，我还没个好主张。

时值长江中下游梅雨季节，气温陡然升高，空气中湿度黏稠。如同身处一个偌大的澡堂子，空调一关，就大汗淋淋，衣衫湿透。焦灼难耐，烦躁不安。

写不下去的时候，顶好的办法，就是一门心思读书。

一日，读韩愈老先生的五言律诗《醉后》，里边“淋漓身上衣，颠倒笔下字”的诗句，给我莫大的启示。对呀，酒能颠倒笔下字，安能不让我生出奇妙的想法呢。

干脆，喊上几人，喝大酒去。

说来挺好笑。真的喝得醉晕晕的，摇摇晃晃地爬上床，一觉醒来，灵光闪动，犹如醍醐灌顶一般，悟道开窍了。就让小说人物远离现实，在酒后的梦里，完成他们的结局吧。以是三天间，一口气写出三万多字的尾声，几乎未加修饰，急促地交了电子版稿子。鲁太光先生在编辑时，为压缩文字，斧正了六七万字，而尾声完整保留。

恰在《奔腾的灌江》由长篇小说选刊刊出之际，我同国研室主管的中国言实出版社，也签订了图书出版合同。社长兼总编辑王昕朋先生以专业行家的目光，建议更名为《新银行行长》，授权国内出版发行。新书预告中，责任编辑史会美女士，特意节选了尾声部分内容，还添加了溢美之词，以示读者。

无意之中，种豆得瓜。

看来，与鲁箫对话，是个不错的选择。

二〇一五年四月